U0661478

半枫荷

唐荷 魏农 著

BANFENGHE

中国出版集团
现代出版社

图书在版编目（CIP）数据

半枫荷/唐荷，魏农著. --北京：现代出版社，2016.7
ISBN 978-7-5143-5075-3

Ⅰ. ①半… Ⅱ. ①唐… ②魏… Ⅲ. ①长篇小说-中国-当代
Ⅳ. ①I247.5

中国版本图书馆CIP数据核字（2016）第129939号

半枫荷

作　者	唐　荷　魏　农	
责任编辑	李　鹏　陈世忠	
出版发行	现代出版社	
地　址	北京市安定门外安华里504号	
邮政编码	100011	
电　话	010-64267325　010-64245264（兼传真）	
网　址	www.1980xd.com	
电子邮箱	xiandai@vip.sina.com	
印　刷	北京一鑫印务有限责任公司	
开　本	880×1230　1/32	
印　张	8	
版　次	2016年7月第1版　2022年7月第2次印刷	
书　号	ISBN 978-7-5143-5075-3	
定　价	39.80元	

前　言

◎ 滕振国

在一个盛夏的夜晚，唐荷与我屏前相逢，从网络的那一头，传来了她的心灵呼唤：

我渴望把这一路捡拾的珠贝献给大家，也许不能流传千古，但可以美丽瞬间……

那不为人知的琐碎温柔起来叫人如沐春风，在时光缝隙里雕刻出永不退出的印痕，尽管人生的道路上荆棘密布，而我在跋涉中往往另辟蹊径，上苍总是不断地悄悄为我开放一扇又一扇五彩缤纷的窗户……

荷花，出淤泥而不染，在与唐荷的不断交流中，让我感悟到：不管多么卑微的生命都是独一无二的，每一个人都是天使，每一个人都曾默默无闻地付出过……

《半枫荷》精心描述了作者的家乡——千年古邑松溪县民情风俗、风味小吃、历史传说、神话故事，富有浓厚的乡土地域文化特色，引人入胜。乡情、亲情、爱情是这本书的主旨。作者渴望这本书能唤起人们的心灵对真善美的追求，让人们对网络有个客观的认识，也渴望世间的男男女女用心爱自己的配偶，给彼此一片亮丽的空间，让世人更加珍爱这来之不易的生命！

《半枫荷》的目的是为了让世人明白网络是心灵的窗户，荷之所以能走到今天，是一个又一个男人用全部的爱把荷托扶起来，让世人从网络上感受到真爱真情，让世人透过心灵的窗户去感受人世间的真善美！这些网友分明知道无法与荷牵手相伴，但他们仍默默无闻地爱着荷，为荷做各种力所能及之事！而荷最需要的是文学滋养，为了让爱的接力棒传下去，荷不断地付出！

网络造就了唐荷，成就了唐荷的梦想。爱通过网络不断地飞越，使唐荷这个对文学创作一无所知的女人，相继写出两部小说，走进了文学的殿堂。是这些默默无闻的男人用爱把唐荷托扶了起来……

人们对艳遇的兴趣永远超过对事物的真善美的追求！这本书便是唐荷真实情感的纠结过程！这本书的成书付梓的过程，也是唐荷不断地战胜自我的艰难过程！

唐荷能成就此生的梦想，吕荣自然是最重要的。然而，这世上除了吕荣以外，有那么多的男人出现。男人们并不是俗世中女人所骂的"负心男"、"没情意"、"自私"、"贪欲"……每一个人都有天使的一面，也有魔鬼的一面，这是唐荷渴望揭示的思想。

唐荷的作品《天使的心路历程》、《半枫荷》有社会意义，它们不仅是小说，更是人类对真善美的追求过程！任何一个作家写出来的文字都是心灵世界的体现！从这两本书中能感受到唐荷曲折离奇精彩的生活！能感受到她站在苍穹之巅俯视着大地！

半枫荷，国家二级保护植物，中国特有物种，却偏偏根植于松溪那个边远的县城。大家都深知"三个臭皮匠顶个诸葛亮"这句至理名言，半枫荷与诸葛亮有着千丝万缕的牵连。

三国时期诸葛亮七擒孟获时，因为山高路远，气候潮湿，很多士兵患上了严重的骨关节病。军医一时束手无策，军中人心惶惶，诸葛亮忧心如焚，经过一番调查，终于发现有一种植物半枫荷，它的叶子，一半形似枫叶，另一半似荷叶形状，用水煮后给患病的士兵泡澡，结果很快痊愈，军心大振。

这么多的网友岂止三个臭皮匠，他们尽全身心托扶着唐荷，《半枫荷》是网络时代大爱的结晶。

两片火红枫叶呈心形相连，红色枫叶象征深情的恋人，心形象征纯洁的爱情。枫叶至秋呈红色，有"霜叶红于二月花"的美丽景色。喜欢此花的人有自己的一套生活原则，积极进取，不断向前迈进。在感情上，显得比较退缩，对初恋念念不忘……

唐荷渴望这本书能唤起人们的心灵，让人们对网络有个客观的认识，也渴望世间的男男女女用心爱自己的生命、亲朋好友甚至于陌生人，给彼此一片亮丽的空间……

目 录
CONTENTS

第七章　网恋

第八章　生活

第九章　慈善

第十章　晓晓

第十一章　水荷逸苑

第十二章　爱的舞台

第一章

医　闹

横幅高挂　花圈遍地

　　我出生于一个有着"百里松荫碧长溪"之称的美丽山城，因古时沿河两岸多乔松而得名。松溪僻处深山，这里犹如世外桃源一般。松溪河绕城而过，它有时悠婉清丽，有时汹涌澎湃。两岸群山逶迤，田畴肥沃，树木延绵，百鸟争鸣，构成一幅美不胜收的山水画卷。

　　夕阳衔山、层林尽染的黄昏，我时常漫步在松溪河堤上，观赏着落日如火、倦鸟归林的暮色，沐浴着晚霞的洗礼，放飞思绪的翅膀，静静聆听心灵的独白，回味着生命中的点点滴滴……

　　然而，为了谋生，我在县城开设了爱仁诊所，从此，我忙得像个陀螺……

　　这一天傍晚，当我结束县政协的一次会议之后往店的方向赶，一条街道被围得水泄不通，有德怒气冲冲地责备吕荣："我爹爹赵振坤好好的，你怎么就看死啦？"

　　吕荣站在玻璃柜台里面，脸色铁青，"好好的就不会来看病了！"

　　有德又骂骂咧咧地说了几句，我匆匆忙忙地走进店里，有德挥起了拳头，快要打到吕荣了，我连忙迎了过去："有话好好说！"

　　吕荣拨了110，电话接通之后，吕荣在说明地址之后，道了句：

“这儿打人了。”

有德挥舞着拳头：“你害死了我爸爸，你给我个说法！”

有德怒气冲冲地压到了柜台上，愤怒地吼道：“我打死你！”我被这突如其来的一切吓得不知所措，这一切都是我的错！是我在紧急的时候，没及时把病人送到医院，是我在得知赵振坤死了之后，问他们如何处理这种事情，是我渴望掏出钱来埋尸体，是我问他们一万元够不够，所有的错误都是我造成的……

没多久，警车来了，吕荣用异常冷漠的口吻对我道了句：“你什么也不要说了。”

三个警察先后下车，一个稍胖一点的警察仔细地询问事情的缘由，无奈地叹了口气：“这不是我们能解决的，你们要找卫生局。”

房东宫勇和二楼的房客李岗都闻风下楼了。

“我们去把尸体抬来。”几个男人威胁道。

警察忙上前开导劝阻：“尸体是绝对不能运来的，如果你们把尸体运来了，你们就犯罪了，这属于扰乱公共秩序罪。”

“我们的父亲死了，好好的一个人就这样死了！”

赵振坤的妹妹赵小芬走到我身边，问我：“你是不是用错药啦？”

“没错，完全没错！”当我喷出这句话时，站在我前方的两个人突然消失了。

“你那天晚上不是说不会过夜吗？”

“是的，我当时就觉得病情那么重不会过夜。”

她身边的另外两个男人悄无声息地退去了。

赵小芬的身边空荡荡的，不知是他们的离去刺伤了她的心，抑或是她本就心情郁闷，她“趴”的一下坐到地板上：“哎呀！哥哥，你怎么这么命苦哇！白发人送黑发人，妈妈上周和我一起

去看你时，你还活蹦乱跳的，可现在却阴阳两隔，这叫我怎么向她老人家开口哇？！老天爷，你怎么就不长眼呀！手足之情怎么断呀！哥哥，你怎么不吭一声就走了，嫂子也病倒了，这个家怎么一夜之间就垮了……"她声音凄厉，涕泪横流……

在离店不远的地方，有几个年老的居民在窃窃私语，"那个老头病情很重，听说几年都没有起过床，上一周还来这儿挂瓶，我听那老头说他们一家早就准备了孝服，吕医生的医术高明，药一用下去就不停地放屁，过几天就下地走路了。"

"也许真的用错药了，这下可赔惨了。"

"当医生最怕的就是出意外。"

"前几天古山村的那个赤脚医生也出了事，陪了不少钱呢！还跪着去送葬，这年代啥都不好做呀！"

我木讷地站在柜台旁，玻璃柜里的那一袋水果和饼干跃入眼帘，我恨不得把它们统统扔出去，这袋水果就是赵小芬拎来的，她当时的感激之情活灵活现地在我的脑海中浮现……

就在这时，两个女人坐上了三轮车："我们走！找卫生局去！"

叶明英回来了，问我："元元呢？"

"哎呀，我怎么都忘了，你赶快去幼儿园接她回家，找你二嫂去，不要到店里来。"我的女儿似乎蒸发了，我常常对不住她，尽管我就这么一个女儿，可生活并不是事事可以预测的，我有一种深切的感触：任何人的一生都是不可预测的，倘若哪一天我不在人世，孩子得靠她自己去行走一生。故而，我对孩子的教育也不同于他人，我总是教孩子生命是最可贵的，其他的一切并不重要，其他任何东西丢了可以重新开始，但生命只属于我们一回。

姑姑、表哥、小叔子也都陆陆续续地来了……

有德指着我，厉声地斥道："你没有行医证？！"

吕荣指着墙上贴着的医师执业证书的复印件道："这不是证吗？"吕荣的话把他们镇住了。

接着只听到一句："吓吓她！"随后，有几个女人拿了三叠的白衣白裤，装腔作势地舞动着："我们把白衣服穿起来。"

宫勇的妹妹宫娇急忙劝阻那些女人，同时埋怨我："你们做的事情得去你们家里解决，不能在这儿闹！你把他们带到你家里去。"

正在这时，只见一辆货车在不远处戛然而止，车上下来十来个人，两个花圈被抬了下来，上书"天不假年，庸医错药徒抱恨；灵兮入梦，凄凉夜月倍添凉。"数人把两条白色的横幅拉在马路中间，上书"赔我亲人"、"还我人命"，我对赵振坤的内疚早已荡然无存了，这全是我惹的祸，是我害了大家，害得房东和左邻右舍不得安宁，是我的错给大家带来了麻烦，我渴望找个洞钻进去。吕荣似乎看出了我的心情："你去楼上待着吧。"

我失魂落魄地来到了二楼李岗家，和他妻子聊了几句，站在阳台上，四周一片昏暗，每一盏灯似乎被人抽去心似的，没有了光亮，模模糊糊的。刚刚还在闪烁的星星转眼间便被乌云遮住了，四处弥漫着令人窒息的空气，耳边传来了田蛙痛苦的呻吟："惨！惨！惨！"我无所适从，又心神不宁地下楼了，我感觉自己的心像沙漠中的仙人掌似的能承受风沙和暴风骤雨。

赵振坤的家属们的眼神已经绝望了，对房东和邻居的歉意又像丝瓜的藤沿着篱笆爬上了我的心尖，我用商量的口吻问道："事情都已经出了，我拿一点钱出来，我们当作亲戚走动，可以吗？"

这句话像鞭炮似的炸响了吕荣，吕荣接口道："我给你们三千元。"

"三千元不够我们几兄弟分。"赵振坤的小女儿真真怒气冲

冲地用白眼瞪了我一眼。

她的怒色扎进了我的心中，我顿时又陷入了暗淡的黑夜中，光亮在哪儿？我无处寻找，我感到了一种无法言说的恶心。

宫勇和李岗走向有德，对他说："这么多人在这儿闹哄哄的不成体统，也谈不了，你们派三个说话管用的过来，我们一起坐下来谈谈。"

有德家的一个亲戚陈静怡是县政府的官员，吕荣两兄弟、宫勇、李岗、陈静怡、有德等便被召集到一楼的厨房里，我没有参与他们的讨论。

过了一会儿，赵振坤的小姨子从卫生局回来了，她看到门前僵直不下的冷漠局面，对我说了句："你们随便给个意思吧。"

晶晶怒视着我，回了一句："哪能随随便便地处理？"

我已经被噎得着实无语了，我又能说什么呢？我已全然不想在这种充满怒气、仇恨和争执中生存，我感到深深地不安，我渴望离开这个是非之所，渴望尽快地结束这一切……

在讨论的过程中难免有各种分歧，总之，最终是以5600元一锤定音。当我到楼下时，双方正在签名，我径直走过去，说了句："把当时用的药写进去。"

"不能写，明明他们做错了，还想……"晶晶把我抢白一番。

当有德用麻利的手点好钞票的时候，晶晶抢过那钞票，用手指蘸着唾沫，一张一张飞快地点数着，那双眼睛闪着贪婪的光芒，点完后，又迅速地从兜里掏出一块手绢，把钱包好，往袋里塞，就在这时，又一个男子也伸出了手，两人互相拉扯着，有德嚷了句："放在我这儿。"两人便停止了撕扯，有德把钱塞进了大衣口袋中，他们离开之际，我对姑姑、吕荣、小叔子等道了句："事情都办完了，你们吃一点面条吧。"

晶晶接口道："这么迟了，也该让我们吃一餐饭吧。"有德忙拖着她的手走了出去。

天上飘着雨花，晶晶又嚷嚷道："下雨了，雨伞也拿几把给我们吧！"

又有一个男人拉了她一下，朝她摆了摆手，劝了句："走吧！"他们很快便消失了。

有德在离去之际，在巷道里忍不住欢呼雀跃地跳了起来。正在这时，闪电划过长空，照亮了这一切，他欣喜若狂的神态恰恰被李岗、宫勇看得清清楚楚。

当他们都离去后，我的大脑也渐渐地清醒了："我问他们埋一个尸体要多少钱……"

"你刚才怎么不早说？"吕荣惊讶地睁大了眼睛。

"我都傻了，哪想得出来？"

"公了的话他们什么也没有，打官司哪那么好打！"

"我以为我们会被抓起来。"

"打官司也说不清楚，像建阳那个医生在路上帮一个肾衰的病人开处方，到了终审时，说他当时开方时无执业医师资格证，当时我们大家都没有，国家还没发下来，竟被判赔偿十万元。这件事就这样了结最好。"

一切都恢复了平静，这时耳边传来了滴滴答答的黄豆大的雨点敲打地面的声音，如一道布满蚁穴的大堤正在被暗暗的洪流肆虐地浸灌侵蚀……

这雨水一滴一滴溅落在我的心坎上，我冷不丁地打了个寒战！

"赵振坤是被我害死的，我明明知道他马上就会死，可我却拿不定主意，是我耽误了他。"

"如果你故意抽一筒空气往他的血管注射，那才是故意把他害死的。如果你这么认为的话，我明天去向他们要回医院的药费。"吕荣把我紧紧抱入胸怀。

雨越下越大，像一个哭泣呜咽的婴儿，更像一只找不到对象发情的小猫，撕心裂肺地痛哭着……

雨水飘泼而下，雷电交加……

摔倒就要在原地爬起来

医闹事件在那十多万人口的小县城，像一枚炸弹爆炸了，把我炸得遍体鳞伤。我不仅赔了钱，还被人冤枉用错了药，感到生不如死，浑浑噩噩地苦熬了一年多……

那段日子，我痛苦不已。我把所有的闲暇时光都用于打麻将，心情郁闷的我，手气极差，每回都得输好几十元。这让我全然迷失了自己，我的心怎么也过不了那个坎！

郁闷的我，一次次冲着吕荣抱怨："我就是不甘愿，真想打伤他们，然后出国。"

"犯了罪，出国也会被引渡回来。"吕荣试图说服我。

"我就是想不通，如果他死在店里就好了。"

吕荣的脸色顿变，好像那个患者真的死在店里似的，郑重其事道："还好送得及时，我当时真吓了一跳！不管怎么说，没死在这儿总是好的！拖也要拖到医院去死！"他的话让我有了另一种恐慌，我无法想象，如果患者真的死在店里，会出现怎样的情景？他又补充了一句："病重的老年人还好一些，如果遇到个二十岁的小伙子，年轻力壮的，万一是过敏性休克，没及时抢救过来，那才更可怕。"

他的话令我又惊又怕，我深知做医生肩上的重任，更知道自己的医学知识匮乏引发了这起医疗纠纷。可我还是没法挣脱出黑暗的陷阱，我既羡慕又嫉妒地叹道："你是成功的，我是个失败者！"

"成功个屁，连自己深爱的人都保护不了。"他把我拥入心怀，深深地自责着。

我一次次地叹息着、抱怨着："我真的适应不了这社会……"吕荣无奈地叹气："其实发生那样的事情也是情理之中的，我们那一段岁月走得实在太顺了，你为什么不能接受挫折呢？为什么处处要强？谁愿意发生意外呢？那些二十岁的孩子得了白血病，难道是他愿意的吗？难道他就该得那种病吗？人活着便是成功，死了便一了百了了，人总得接受生活的磨难，我实在受不了你如此痛苦，只要你能开心，就是去泡一两个情人，我都能接受！！！"

我呆若木鸡地怔怔望着他，十几年来相爱的日日夜夜早已将我们融为一体，但我怎么也想不到他的嘴里喷出这样的话来，这与我所接受的教育和人生理念相差太远太远了……我甚至于不相信他说的字字句句，这些字句在我的心里一天又一天地酝酿着，像不断地跳跃燃烧着的火焰，渐渐地融化着我心头的冰块。我深深地感受着被他深爱的温暖，我心想：正是因为我不心疼钱，才被患者的家属钻了空子，你看看，那些贫寒学子与我素不相识，我都能捐款给他们——三个贫困孩子，钱并不多，一年一百元，

每个孩子六年，六百元，一共一千八百元，受助女孩娟娟的母亲逢年过节总会送一些土特产给我，我的心稍稍得到些许慰藉，我渐渐地发现有一种不渴求回报的付出会给自己带来意想不到的惊喜！一种无法描述的幸福和快乐在我的心头开出了小小的花儿……

由于我有机会将到省城发展，我得离开县城。我不由地忆起年仅七岁的娟娟的细节，当我走到田埂上寻问一个阿婆时，阿婆唠叨着："哎呀，这个小姑娘实在太可怜了，她的同母异父哥哥和姐姐都去镇上读初中了，她才出生几个月爸爸就去世了，她的妈妈外出打工去了，她跟舅舅、舅妈吃饭，那么屁点大的孩子天天都到田里干活。现在哪有这么苦的孩子？！"阿婆边说边用袖子擦拭泪水，我四处奔波并没有找到娟娟，最后只得把饼干和水果放到了她舅舅的家中。

这天早上，我骑着摩托车，赶往娟娟的学校。路上，一辆小四轮吱吱哑哑地发出嘶哑的噪音，在崎岖山路上缓缓前行，扬起的阵阵尘土扑向我，丝丝细雨柔柔地贴着我的面颊，我的心里感到一种难以描述的快乐，一种超然物外的洒脱；体验到前所未有的强烈幸福感；我似乎感到自己已用细细的铅笔，在我的人生道路上画着纤细的丝线，我深信随着自己的努力，那线条将会越来越粗，最后留下印记。当我赶到目的地，把钱递给她的老师，老师用一种感激的语气道了句："阿姨多爱你，给了你三百元钱哪！"娟娟低垂着双眼，趁着老师离开之际，她用一双忧怨的眼睛斜视着我，用一种近乎埋怨的口气低声责备道："你来干什么？"我的心里有一种难以描述的不安，也许我的到来刺伤了孩子的自尊心。我渐渐地产生了另一种渴望，希望能悄悄地帮助一些寒门学子。吕荣建议我资助高中毕业渴望进入高等学府的贫寒学子。那时，培养十个大学生成了我一生最深切的渴望！如果今生能完成此心愿也不枉来这世上走一遭！

我渴望把爱留在这世上……

我带着强烈的深爱来到了网络世界，是网络成就了海内存知己、天涯若比邻的梦想；是网络给我们的生活带来了许许多多的方便。网络已成为现代生活中不可或缺的部分，网络与现实息息相通，参加一场考试，你得上网报名，存或转一笔款，你得通过电脑，三十年前，倘若你不会写字，你在乡村的小天地里还能够日复一日地耕种庄稼；而今天，你若不会电脑的基本操作，你可能将寸步难行。你也许不懂电脑，但你应该会拨电话号码吧！你也许一字不识，但你会将火车票投入到检票口，你与电脑已经血脉相连，只是你没有强烈地意识到罢了。

然而随着高科技日新月异的发展，人们对于网络的认识却没有丝毫的进步。许多人把网络当作这世上最肮脏的地方，甚至于把网络当作随意宣泄自己情感的场所，根本不必甚至不想对自己的言行负责。很多的父母都警告孩子："千万不能去见网友。"报纸上还时时报道："九成的婚外情来源于网络。"

我拥有一个聪慧可爱的孩子，我们的家充满温馨和快乐。我常常发自内心地审视自己：是网络带给我全新的天地，是网友成就了唐荷的文学之梦，是网络让我的女儿十岁开始上网购物，十一岁上网租摊位出售货物，十三岁开网店……是网络带给我们一家无穷无尽的欢乐……

我穿过时空的隧道，捡拾自己丢失的珠贝，渴望与大家共同分享这一路走来的得与失……

一场春梦网海游

在20世纪末，网络还是个新生事物。县城仅一些单位购买电脑，某些好单位派个别工作人员到省城培训学电脑，只有极少数的家庭买得起电脑。

2002年春节，我们家买了台电脑，这天晚饭后，天已近黄昏，天上飘着细碎的雨丝，春寒料峭，家家户户的灯亮堂了起来。吕荣开始上网，偶尔有一两个买药的或者打针的，我稍做处理，我总会时不时地走到荣的身旁看看，只见荣慢条斯理地敲着一个又一个字母，他用的是五笔，可打每一个字都要琢磨一番，然后再缓缓地一个键一个键敲出：我最近终于感受到聊天的乐趣了。

我听到有人走进店里的脚步声，我又迎了出去，忙了一阵，回到荣的身边，只见——

她：我要去考试了，怕考不来。

荣：我做你的坚强后盾。

她：我真希望能飞到北京去。

荣：让我做你的翅膀。

接着，荣就发了一个飞吻给她。

荣扭过头亲了亲我的脸蛋，问我：你生气啦？

我镇静地摇了摇头：没有。

接着他们继续聊。那时，大多数人还没有视频，只是打字，荣转过身对我说，她前两天寄了一条领带来。

我惊异地问：她怎么寄领带给你？

荣边说边站起来，走到里屋拿出了那条亮丽的领带给我看："你不知道？她在卖领带，一条二十元，我把手机号码和地址发给她，她就寄来了。"

我似乎感觉到她的用意是用领带把吕荣牢牢拴住，连忙问道：那你汇款去啦？

荣：我收到领带后就汇款去了。

我：她不怕你不汇款去？

荣：才二十元，谁会赖这点钱！

荣不屑的神情令我有点难受。已经九点钟了，我关了店门，荣仍与她欢快地聊着天，我不理他们，捧了一本书坐在床前装模作样地看着，却什么也没有看进去，荣沉醉于聊天的欢乐中。快十点了，我催荣上床睡觉，他还是依依不舍地对她说："我以前聊天都是乱聊，现在总算找到感觉……"

最后又补充了一句："我要去休息了，让我好好地吻你一下。"

那一夜我怎么也睡不着，我始终坚信荣对我的爱是永恒的。我清楚地知道，他不是那种见异思迁的男人，他只是把她当作一个小妹妹，一个可以倾诉心声的让他喜欢的小妹妹，只是男人的豪气和粗心使他没有去体会女人的多情、浪漫……我一直责备自己的醋意太强。荣说，她的男朋友刚离她而去，她是一个孤零零的女人。可我有点儿怕，怕她如果真的爱上荣，我该怎么办？我怕她动了真情，我不想我的美满幸福的生活被打得支离破碎。夜越发地深了，雨滴滴答答地下个不停，似乎不断地滴到我的心尖上，我不由地打了个寒战！我不敢动，担心惊醒了吕荣，就这样

熬了一夜。

第二天晚上入睡时，我郑重其事地对荣说："你要聊天就好好聊，你对她那么好，要是她爱上你，怎么办？"他笑嘻嘻地用嘴往我的脸上贴："我哪有那么大的吸引力？我追你追了几年才得到，我是癞蛤蟆吃到天鹅肉！"

"你那时对我说过那些话吗？我真的不希望你和她聊得那么亲热，你如果实在想和她聊，就去网吧聊，我看了心里不舒服。"我噘起小嘴唇。

"那我就不和她聊了，"荣坦然地应道，随即摇了摇头，补充了一句："去什么网吧！"

"我是不是太小心眼？"我心里有点儿不安。

"有点。"荣亲昵地用手捏捏我的脸庞。

"你生气吗？"我紧张地问道。

"这说明你爱我呀！"

我凝视着他，嘴里喃喃地念叨着"荣"，他的名字温柔地飘荡在空气中，比音乐更加持久、迷人，接着两人相互念叨着对方的名字，然后两人的身体悠到了一起，仿佛是由于汽车产生的惯性，我的乳房紧紧贴到他的唇边。他的嘴唇有着奇特的温柔，与我的融为一体，我们同时感到了一种快慰，停止了思想，什么也不想，深沉地呼吸，互相探索着，我们都沉醉于某种酒后微醒般的真空中，我们的肌肉如同一把松弛的琴弦，发出阵阵畅快的嘎吱声，我们的神经融合在一起，嘴唇和胸脯紧紧贴在一起。

我渴望他更粗野狂放，然而他却非常温柔，很体贴人，我们同时被带入了一个神秘莫测、心荡神移的妙不可言的境界……

蟋蟀用富于抑扬顿挫的声音来表达这种情感，在蜂房里的雄蜂体验到"爱情的爆发"，单细胞的鞭毛虫常常在情欲冲动时互相追逐。

荣一下班便回店里帮忙，他还乐于上网玩游戏、看新闻，偶尔还邀上三五个朋友围坐一起打打牌，牌友们常常在我家吃饭。我用自己的精明和贤惠打理着一切，常常不由自主地感叹着："家和万事兴！"尽管那时并不富足，但我早已被荣的爱填得严严实实。我除了店便是家，没有太多的业余爱好。

第一次上网聊天便碰上二十岁的男孩儿发给我一支鲜花。我笑得合不拢嘴："我一生中只收到一支鲜花。"他一口气发了好多过来，对我说："我爱你。"

我感到他很逗："你这个人真有意思。"

"你才真有意思。"他回应道。

"你真傻。"

"你才傻。"

那一天我很开心，放声大笑，笑得满眼泪花，身子前俯后仰的，荣开心地把我拥入心怀，我的欢乐令他心醉，"开心就好！"这是荣对我上网的评价，把我的快乐当作他的人生最高追求，一直以来都是他对我的爱更深沉更炙热！

在现实中人们用真名说着假话，但在网络世界里，人们用假名说着真话。尽管看不见摸不着对方，但我真真切切地感到那是一个活生生的个体——有血有肉、有情有爱的人儿。

一个盛夏的傍晚，电风扇吃力地吐着热气，汽车从身边滑过时扬起了阵阵闷热的尘土，人人都烦躁得不知所措。当我和一个中年男子聊得正起劲时，他对着话筒说了句："我有事要下了，以后再聊。"我的妹妹叶美兰竟冲到屏前调皮地对他吼道："你给我滚！"紧接着便呵呵呵地躲到一旁笑了，那个男人生气了，说了句很恶毒的话："你这样的女孩子，说得不好听点，不知和多少个男人睡过！"我急了，从屏前发一些文字过去："你不要这样说，好吗？她只是偶尔开个玩笑，你不要生气，她是一个很懂事乖巧的女孩子！"他不理我，不管我怎么解释都无济于事，他都不回复，他就这样离我而去了，那一瞬间，泪水涌出了我的眼眶，那一夜我不住地流泪，尽管我深知他和我只是屏前相逢，但他已经和我聊了好几回了，我们的聊天话语点点滴滴涌上我的心怀，为什么？美兰怎么能这样不分轻重地乱吼呢？他又何以因美兰的一句话对我如此的冷漠呢？我不停地发信息向他道歉，但毫无作用，我痛苦地挣扎于其中，在他人的眼中根本就不算事儿，但我却泪如雨下，我沉浸在一种难以自拔的痛苦中，那个分明是我异常熟悉的男人，他为什么对我如此的冷漠呢？大家都发现了我的异常举动……

从那时起，身边的亲朋好友都深知我非常珍惜网友，任何人都不敢对我的网友使性子或说不中听的话语，接着一个又一个网友和我演绎了一曲又一曲动人的乐章！

第二章

东 风

我爱上了他

从那时起，我回避视频，上网只是打打字。光阴荏苒，岁月如梭，春之仙子撒下的种子渐渐地开始发芽了，有的还开出艳丽的花儿。吕荣出差了，我无所事事，上网玩玩，我们常规问候之后，"你有积蓄吗？"这句话发出后，我深为后悔，怎么问这样的话题呢？

"看来你有一个很幸福的家庭。"他的回答令我感到温馨快乐，从字字句句感到他的诚恳，我并没有见过他，总是忍不住思念他。有一回，我呼他，他拒绝了，我很失落，将他从好友中删除了。我对荣有很强的负疚感，我也不希望这个男人破坏我的家庭，但我仍渴望和他聊天，我实在不明白他为什么这么有吸引力？从他的话语中我可以感受到他很爱他的妻子和女儿，是个极负责任的男人，我仍常常上网，过了几天，又出现他的留言。

我：我老公今天出差回来了，我真真切切地感受到他才坦诚、朴实……

他：我很真诚，你为什么认为我骗人，为什么不相信我？

他告诉我那天他有急事去处理，他的同事用他的号拒绝我。我又忍不住和他聊了方方面面的感受、想法及各种琐碎。那天下午，生意很冷清，我沉醉于相互理解的快乐中，三姨在我的身边不住地和我唠叨着，见我对她不理不睬，便责备道："你聊什么这么起劲？"

"别吵我！"我边阻止三姨说话边兴高采烈地坐在屏前不停地敲打着。

等关了店门，夜已经深了，路灯眨着窥视的眼睛似乎在探究着我内心的秘密，不知名的小虫凄凉地哭泣着，两只野猫不停地哀号着、撕打着，敲得楼板也不住地颤抖着。我的脑海中浮现出三姨的责备声，心想：如果我不说出来，三姨万一和荣聊到这事儿，会不会影响夫妻之间的感情呢？荣风尘仆仆地回到了家里，他疲惫不堪，又饥又渴，我端茶送水，弄了点宵夜，等他洗漱完毕，我们上床后，我心神不安地问吕荣："我认识了一个网友，不知为什么我很爱他。"

"怎么个爱法呢？"

"我觉得他就是我的亲弟弟。"

"不要说一个，就是十个也行啊，好好爱吧！"荣用宽容的胸怀接纳我的一切，他人生的最高目标就是让我无忧无虑、幸福快乐地享受着生命的赠予，他真正地做到了："一个人如果爱另一个人，他愿意为她付出一切，甚至愿意为她所爱的人付出一切！"

从此，东风称呼我姐姐，我们都沉醉于幸福之中，我感受到那种被理解的温暖。

两心相融暖心怀

春天来了！柳树舒展着嫩绿的枝条，在微微的春风中轻柔地拂动，就像一群群身着绿装的仙女在翩翩起舞。

有一天，东风买了个摄像头，他很激动，那情景不亚于荣第一次牵我的手。

他用颤抖的嗓音喊道："姐姐，我好激动……"

那一刻，我并不愉快，那是个活生生的男人，我在没和他视频前却对他说了自己零零星星的隐私，我觉得自己赤裸裸地剥脱在一个陌生的男人面前，我满脸通红，不知如何是好……

他得知后告诉我："姐姐，你永远是最纯洁的，你永远是最好的姐姐，认识姐姐是弟弟的幸福！"

我们相处得愉快且开心，我把照片发过去给他看，他看到我怀孕时大腹便便的姿势时，从视频的那一头传输过来："真美！"我很惊讶，体态臃肿怎么能称为美呢？他似乎看出了我的心思，对我说："母亲是最美的！"渐渐地我明白了真正的美需要底蕴。

经历了那一起医疗纠纷，只要遇到重病号我不再犹豫不决，我总是第一时间尽快把病人送往医院，其间也遇到一些家属的埋怨和不满。事事总算顺利，我对整个世界充满感激之情，我渴望冲到赵振坤家中对他们说一声谢谢，是那一次的意外拯救了我，让我有了新生。我渴望能用自己的双手写下点点滴滴，我的内心充满着浓浓的感恩之情，赵振坤的家属从我这儿抢走了几千元钱，但这两年的痛苦早已让我苦尽甘来，我对阳光、青草、小鸟、花儿充满着感激之情，我渴望对他们说声谢谢，至少渴望他们知道我早已不再恨他们。

在一个晴朗的日子里，我骑着自行车经过赵振坤的家门口，他的女儿、女婿和小姨正在装煤。他们见到我时，手脚有点儿微微颤抖，脸色很不自然，有点儿发青，甚至于皱起了眉头。我故装迷路似地问他们："请问马红玉老师住在哪儿？""我不知道。"其中一个低声地嘟哝着，另外两人装聋作哑地回避着我，他们的脸色由紧张转为冷漠，最后变为冷静，当然不知道，这是我自己临时制造出来的名字，他们怎么会知道呢？

我欢天喜地地往家的方向赶去，世界在我的心中一片亮堂……

远处的湛卢山若隐若现，我似乎看到了朱熹在那儿传道授业解惑，我的脑海中浮现出那儿的十六景奇观——剑峰、试剑石、剑池、炼剑炉、欧冶洞、仙姑洞、香岩、断碑、木涧、中祠、状元峰、陟岵台及岩古道……

我渴望去寻幽径，临绝顶，只见岩石罗列其间，状如蹲狮伏虎，饮牛奔马，各具情态，缀以宝塔石屋，清静雅致，宛若仙境……

姐弟情深似手足

那一段日子里，我总是不由自主地思念东风，只要一上E话通，我便能看到那闪亮的头像，它蹦蹦跳跳地带给我祝福。

在人们疯传网络的弊病的日子里，我把担心告诉了东风："我们这儿有一男一女两个网友一起去旅游，回来后男的要女方和她老公去办离婚，女的不肯，男方要女方出5000元青春赔偿费，大家都觉得那是敲诈。"

"弟弟不会敲诈姐姐的，请姐姐放心。"

我总喜欢不停地思索一些他人不去留意的琐碎，我暗暗想：人们都说那个男的不该向女的要青春赔偿费，问题是那个女人一定和那个男人发生了亲密的关系，如果仅仅是游玩，怎么也没有损失呀？怎么要求赔偿呢？这种事情不就是婚外情、婚外恋吗？这不就是现实中的一对男女的不正常的关系吗？那个女人首先自己不自重，怎么能说这是网络带来的弊病呢？在网络不曾出现的朝代中，这种故事不也遍地开花吗？这一切就是现实中的活生生的事例，网络只是一个被人利用的工具而已。

我也常常把自己的烦恼和忧愁向东风倾诉，往事如烟，许多细节都已经模糊了，有一回，当他和我聊天时，我不断地翻看且品味着他前几天发给我的信息，他问我："你在干什么？"

"我在享受！"当这句话从我的指尖流出，传输到他的心怀时，他沉醉于幸福的欢乐中。他开心地告诉我这些天他睡得很少很少，不停地回味我们之间的字字句句，快乐时时刻刻洋溢在我们的周围。微风拂过面颊，像情人在耳边倾诉相思之情，令我的心有一种柔柔的欢快，爱在我的心中跳动着轻快的舞姿！！！

　　店门前有一条宽阔的河流，潺潺的水声和清澈的松溪河吸引了许许多多的男女老少在河边漫步、嬉戏、泼水、游泳……我曾经不顾劳累，翻山越岭，策杖攀藤，兴致勃勃地去探求它的源头，然终究未果，通过网络，我终于知道了它由上游竹口溪、渭田溪、杉溪等许多细小的支流汇聚而成，它来源于浙江省庆元县百山祖乡，略呈格子状水系，行经松溪县境内45公里。闽江上游有三大溪流，它们蜿蜒于武夷山和戴云山两大山脉之间，最后在南平附近相会始称闽江，以下又分为中游剑溪尤溪段和下游水口闽江段。穿过沿海山脉至福州市南台岛分南北两支，至罗星塔复合为一，折向东北流出琅岐岛注入东海。网络填补了我儿时的历史和地理的空白，也丰富了我的业余生活。

　　在吕荣值夜班时，我便把抄写在本子上的东风的祝福翻出来，不断地享受着、品味着，并悄悄地把它们放在我的枕头底下，让它们陪着我，让我感受到我不再是孤零零地嫁到边远的小山区的无人关爱的女人，遥远的地方有一个弟弟在关心我、呵护我，我对文学的爱好也开始渐渐地加强了，我买了一本少儿版的《唐诗三百首》，女儿也用稚嫩的声音跟着读："白日依山尽，黄河入海流。"为了有所收获，我还特地买了VCD片子，经常播放着听，那给我平淡的生活中增加一些点缀而已，我渴望能把自己一生的故事写出来，偶尔也提笔，但总是写不出三句便放弃了。

时光飞逝而过，快乐氤氲彼此心间！东风每周二晚上值班都有空陪我聊天，我几乎时时都在期待周二的到来。

给他个飞吻

夏之仙子披着一身的绿衣在暖风里跳着优美的舞姿，空气中滚动着火球般的激情，让人的心情怎么也平静不了……

松树的叶子在阳光底下一动一动的泛着一层绿光，我在视频中看到东风抽烟，劝他戒了，他不肯，提出让我吻他，如果愿意，他就把烟戒了！

我心里藏不住秘密，在夜深人静之时，我担忧地把两人聊天的话语告诉了荣，荣用体贴的口吻："你给他一个飞吻，让他把烟戒掉，不是很好吗？"

我温情地把荣紧紧地拥入心怀，荣抱紧了我，荣像蛟龙戏水似的拥我跳入水潭，顿时浪花飞溅，水珠漫扬，随即化为弥天雾霭，在空中形成稀疏的雾花随风飘浮，萦绕在我们的周身，滋润着欢乐的温床……

次日，东风感叹万分："荣不是人！是神！"

我补充道："是神派来保护我的。"

我和东风都沉浸于相识的幸福和欢乐中，有一天，我和东风视频时，他拿了当地的特产给我看，他用豪爽的声音赞道："姐姐，这种酱菜很好吃！"

望着那呆头呆脑容易被打碎的陶瓷罐，我兴奋地笑着："我又吃不到。"

"我寄过去给你。"

我以为他是随便说着玩的，后来见他真的打算寄来，我更渴望他能寄来围巾袜子之类的能长长久久保持的东西，便把心里话托盘而出，不久，东风不远千里地寄来了袜子、围巾及土特产。荣责备我："怎么向人家讨要东西？""他自己说要寄来的。"吃的东西很快就被我们消灭了，但围巾和袜子却一直陪伴着我，我天天披着那围巾，穿着那袜子感受着奇特的温暖……

亲朋好友们都开心地分享着其间的快乐，我总是幸福地沉醉于被东风关爱的幸福中，他渐渐地成了我生命中不可缺失的部分，他总是担心我过于单纯，用关爱的口吻提醒我："你就是太单纯了，说句不好听的，人家把你卖了，你还要帮人家数钱，请别生气，你就是太重感情，不管在任何时候都要多长心眼。"

我不由自主地笑出声来："这么傻的人，你还关心呀！"

"因为你太单纯了，所以我很担心你。"

就是这样一个傻女人享受着他人享受不到的幸福……

过 年

春节到了，我到荣的老家过年。我们是腊月二十八到刘源的，在村子里，煎糖、做米果，除尘、分岁，贴对联、挂灯笼……年味一天比一天浓。到了除夕晚上，吃过年夜饭，荣的父母亲便开始炼岁。炼岁，就是用最硬的杂木和木炭保证灶里和火盆里的炭火一夜不熄。这是从古时先民对火的崇拜引发传承下来的，现引申为：香火不息，红红火火的寓意。一家人围着火盆，吃着零食，谈古论今，说天道地，是一年中最融洽、和谐、吉祥、平安之夜。

而守岁是年轻人的事，情投意合的青年男女，会三五成群相邀相聚，或到东家，或到西家，尽情玩耍，一夜通宵到天明，长辈是不干预的。这是年轻人为长辈"守岁"，祝他们身体健康、长命不老。按照当地习俗，我和荣坐在火盆旁边，通宵守岁。

最有意思的是正月初一，因为这天当地的习俗最多。

忙了一年的女人，今天要放假。她们不扫地、不洗衣、不做饭。正月初一，男人下厨，女人休息。其实这一天的饭菜很简单——全家吃素（斋），一饭一菜一汤即可。饭是米饭，菜是拌鲜（即用芋头丝、韭菜、豆腐泡凉拌），汤是米汤煮菠菜。这些佐料都是头天洗净切好的。灶里有头夜炼岁的炭火，拨开即旺。不管多么笨手笨脚的大男人，今天也得下厨体验生活。不管饭菜的味道如何，都会得到女人们的赞许。吕荣的父亲这天早上也亲自下厨，为我们一家做了一天斋饭菜。

大年初一，公公、婆婆早早地在客厅点燃一炷高香。然后，根据黄历上的指导，确定吉利的方向，我和荣一家人走出村外踏青，享受大自然初春的气息；同时，到乡村庙里上香、祈福，许下一年的心愿。一路上，荣遇到了村里长辈和年幼时的伙伴，大家握手言欢，畅谈别后情形，人人喜形于色，其乐融融。相互祝福：新春吉祥！升官发财！

拜年，从正月初二开始，晚辈必须上门给长辈拜年，俗称"初一年初二客"。新年头几天，辈分大的老人，一般不出门，在家里等晚辈上门拜年、问安。晚辈给长辈的礼物很简单，一包冰糖或一包蜜枣，便是对长辈的敬重，预祝长辈一年生活甜甜蜜蜜。拜年，一般是一家人同时出动，荣带上我去看望长辈。长辈将早就准备好的两个小红包，和每人两个鸡蛋回送给我们，祝愿新一年生活圆圆满满、顺顺利利。

人们对松溪这些传统习俗往往只感到有趣、好玩，并不深究。但恰恰是这些几千年传承下来的民间文化，给我们带来了浓浓的年味，这是除了吃和玩之外湛卢文化精神上的浓缩，是一颗百味橄榄，很值得回味的。

儿时，舅舅就常给我讲述家乡引以为自豪的欧冶子在湛卢山铸炼"湛卢"神剑的故事，如今虽时过境迁，我还依稀记得舅舅讲述湛卢宝剑故事的激动神情。"欧冶子铸剑"的故事和杜甫"朝士兼戎服，君王按湛卢"，李白"空余湛卢剑，赠尔托交亲"等诗句，至今还耳熟能详。

如今，舅舅住在湛卢山麓吴山头村，我专程与吕荣同去拜年。

吴山头村传统民居随山坡高低朝向错落布局，黄橙的土墙、黝黑的青瓦、葱郁的远山近树，色彩丰富。石块铺成的村中小道蜿蜒曲折，村前延展着层层叠叠的梯田，村后分布着千年红豆杉、樟树林和半亩方塘，呈现出古村落的原生态风貌。

湛卢山位于县城南部，广袤数十里，重峦叠嶂，有湛云峰、玉女峰、剑峰峙立，形似笔架，时有云雾凝聚，晦明无定。主峰湛云峰海拔一千二百多米，登临湛云峰之巅，可观赏旭日初升、云海变幻等奇景，可俯瞰松溪县城全貌。

早在公元前503年，春秋战国时期，这里因铁英、寒泉和亮石三样具备，树木茂密，薪炭易得，才使铸剑名师欧冶子垒石为炉，采铁英为原料，浸寒泉淬火，就亮石砺磨，风餐露宿，千磨百炼，化火为锋，铸出了锋芒盖世的"天下第一剑"——"湛卢剑"，使这个地处闽、浙边境僻处深山、巷陌春深的松溪，成为名传华夏的著名宝剑之乡。

我和吕荣从吴山头古道拾级登山，连山幽壑，沿途虬枝丫杈的老松兀立在崖边涧沿，地上杂草葳蕤，欧冶子当年炼剑的火炉、剑池、试剑石等古迹都是撩人遐想的地方。登上湛卢山主峰湛云峰，精神为之一振，顿感天开云低，万象森列，大有千载之秘、一旦轩露的感觉。放目左右，剑峰、玉女峰刺天，与脚下的湛云峰遥相对峙，争雄并列。在湛云峰上绕回一周，放眼四顾，蹲狮山、石壁山、诰屏山、妙峰山、百丈山……所有叫得出名的松溪县境内其他名山，层峰翠岭构成一幅气势磅礴、雄伟瑰丽的画卷。舅舅似乎明白了我们的心意，递一把湛卢宝剑给荣，荣站在这湛卢山的最高峰巅，作虎吟长啸状，尽显气吞山河、风云为之动容的英雄气概……

家和万事兴

半年后，我搬了个新店铺，由于新地方，大家都很陌生，再加上当时县城新开了一家平价药房，它对各诊所冲击都很大，生意淡得连打招呼的人都没有。我时时唉声叹气，心情郁闷极了，一点胃口都没有。那时我的店里还没有牵网线，东风和我约好周二晚上七点在网上见面，我担心迟到了，六点一刻便去了，荣催我吃饭，我摇摇头："实在吃不下！"夕阳西下，倦鸟归林，我心事重重地往网吧的方向走去，荣独自一人守着清冷的店。

七点半了，荣打来电话问我，东风尚未出现，荣用埋怨的口气责备道："他骗了你。"我仍坚持要在网吧等待，不一会儿东风出现了。

他关切地问："姐姐，你吃晚饭了吗？"

"还没有。"

"一个家要吕荣来承担，不容易，你回去一定要吃饱饭，他很担心。"

"好的。"

"家和万事兴，好好爱他。"

我们欢快地聊了一个多小时，热闹的夜市灯火通明，似乎把我心房中的那点儿阴暗也照亮了，我沐浴在这人潮涌动的大街上，

放飞着思绪的翅膀，我的心似乎也张开了飞翔的羽翼，人似乎一下子轻松了许多，荣一见我便端来面条，东风的那句："好好爱他！"在我的心坎里发芽，我没有拒绝，我硬着头皮吃了两碗，荣的脸上堆满了笑容，荣和东风的话语交替在我脑海中浮现：

"家和万事兴。"

"只要两个人好好过日子，一切困难都会战胜的。"

直到今天我才感悟到是荣打电话给东风，东风才抽空上网，有谁像我这么沉迷于网络？不然，东风何以知道荣对我的担心，又怎么知道那些天店铺没生意？写到这儿我不禁热泪盈盈……

天气越来越炎热，空中没有一片云，没有一丝风，头顶上一轮烈日，茉莉花与众不同地展示着它的洁白和清香，似乎向世人宣告："我长得多美呀！"所有的树木都无精打采地、懒洋洋地站在那里。柳叶打着卷儿，小草低着头，大地冒着热气，人也不由地烦躁了。

我无意中得知东风与妻子闹别扭了。

"是谁告诉她你去泡脚？"

"我自己说的呀！她就是太小气了。"

我笑着说："你自己说的就好办，你去泡脚，姐姐不会生气呀，可她会生气，这说明她很爱你，爱是很自私的。你回去向她认个错吧，你过得不开心，我也很难过，好好爱她！"

"我知道了，今晚就战斗。"望着他那认真的样子，我会心地笑了。

离店不远的那条松溪河唱着爱的交响曲不停地向前奔流，我似乎感到我们就是那溪流中的一朵朵小小的浪花，我们互相追逐、拍打、嬉戏着，时而这朵浪花被冲到岸边，时而那朵浪花被石头撞得粉碎，时而又一朵浪花被风儿刮得魂飞魄散，这些浪花似乎根本没有考虑到在人生之路上可能遇到了重重困难，全都肩挨着肩地继续朝着闽江的方向奔流，尽管不时有石头或山脉把我们隔开，但我们又很快地聚拢到了一起，朝着渴望的目标前行……

漫游千年古村

东风恰因出差到了福建，顺便来看我，我邀请他与我一同观赏大布民俗文化村。我们沿着奔腾的松溪河，驱车前往这个全县最大的村庄。

大布村濒临松溪河，距县城六公里。从村里始建于五代后唐天成二年的资寿寺和始建于五代十国龙启二年的罗汉寺来看，已有一千多年的历史。我像个小导游滔滔不绝地告诉东风："大布村有古渡、古商埠、古寺、古碑、古桥、明清民居，玩的地方可多了！最出名的是村里的古商埠、古寺庙、古樟树，堪称千年古村大布'三绝'。"

在村里，我找到一位深知大布历史渊源的长者叶老先生。叶老先生把我们带到松溪河畔、大布码头旁边一棵大樟树底下，讲述了大樟树下讲理的故事。在封建朝代，人们常说"官府衙门八字开，有理无钱莫进来"。那时，平头老百姓是不愿意到官府衙门去打官司的。于是，村民之间大凡发生争执、出现纠纷，闹得

不可开交时，便去找本村里上了年纪、有声望、说得起话的头面人物。在大樟树底下，村民向他们叙述情由，以求出面帮助评判、裁决。他们也不负众望，遵循大布人自古相传"做人做事要公正"、"对事要公私分明，对人要正直公平"的训导，对当事双方进行公平裁决。经过裁决后，输家必须买一对蜡烛、一挂鞭炮，到樟树下点燃蜡烛、燃放鞭炮，以表示向对方赔礼道歉。在一串鞭炮响后，积怨立消。大樟树，见证了大布村淳厚的民风。

叶老先生指着宽敞的松溪河，告诉我们，大布村地处松溪河中段，河面宽，水流缓，当地村民多以撑筏、撑船为副业，极盛之时，全村有竹筏180条、小船36条，是全县竹筏最多的村，享有"竹筏之乡"盛名。繁荣的水运，带来繁荣的商埠。据史料记载，明代大布曾被称誉为"大埠市"，为松溪县当时五个集市之一，大布村对岸亭仔头码头自古是个商埠。在清末民国初是闽浙边境货物集散地，往返客商很多。此码头是客商必经之处，商埠店铺多，有京杂店、猪肉铺、面食点心店、豆腐店和药店等，人来人往熙熙攘攘，曾经闻名遐迩。

在大布，我们还游览了千年古寺庙罗汉寺。罗汉寺位于大布村口不远的位置，它始建于五代十国龙启二年，也就是公元934年，是目前整个松溪县境内唯一的省级文物保护单位，尊崇地位可见一斑。罗汉寺建筑占地面积一千四百多平方米，由天王殿、大雄宝殿、观音殿三部分组成，布局合理，气势宏伟，从布局上可以看出，罗汉寺属于典型的禅宗寺庙。寺庙的中心为大雄宝殿，是一座翘角单檐歇山式宋代风格的建筑，结构严谨，造型古朴。

天黑下来了，我们仍流连忘返……

我听到几个村妇说着地道的方言：

千条龙，万条坑，牛不去，草不生。

四角田，整圆丘，一边撒谷种，一边打丰收。

……

这个饱含文化底蕴的古村，像一个磁石深深地吸引着我……

荣在闲暇之际，总爱打扑克，当我九点关店门时，总爱去找他，陪在他身边，我只要坐在他的身旁便有一种满足感，大家看见我时总是草草地结束，荣成了公认的"妻管严"。自从东风出现后，我想，人的一辈子总是很快过去的，荣给了我那么多的自由和深爱，我也要尽最大努力地给他快乐。这时，我感到幸福的暖流把我团团围住，到了我要为它付出的时候了，那些人之所以会为了几千元钱而使出那么多的伎俩主要是由于贫穷落后。他们尽管是被贪欲所笼罩，但会冲到我的店铺是我给了他们机会，像荣说的那样，他们的渴望不高，几千元钱就打发了，那些贪官更加贪婪，欲壑难填，那些人才更可恶！人不管遇到怎样的挫折都是不可怕的，只要活着便有机会。生命赠予人只有一次，这世上啥都可以丢失，但生命不能丢失，一定要好好地护卫着。几千年甚至几十亿年的历程中，一个人的生命是多么的不起眼，小得犹如尘埃，但人类的历史正是由这一个又一个微小的生命构成的。我一生中遇到了各种各样的挫折，荣对我的爱足可以感天动地，我渴望把这本爱情的诗篇写下来，让更多的男男女女去珍惜生命、珍爱家。和荣相爱的十几年中，我也明白了性爱是人世间最美最纯洁的。我不想就这么平平淡淡地了却一生，我在付出的过程中体会到他人所体会不到的快乐，我渴望把自己的一切想法告诉世人，让人们珍爱生命、珍爱家……

第三章

禾因雨生　雨因禾清

激起文学之梦

夕阳西下，太阳的余晖暖暖地洒向这座不为人所注意的小城，人们无论是成双成对，或是三三两两结伴而来，还是形单影薄地独自散步，都会沉浸在松溪这夜幕难以掩映的春色之中。城市的喧嚣已被轻纱一样的夜色隐去，松溪河一下子又妩媚了许多。大家尽情地享受水的清凉和安闲，一阵阵微风吹拂到脸庞，像恋人抚摸着肌肤……

我陶醉于这美好的幸福中，"禾雨"的网页跃入我的眼帘时，这个网页太美了，它把我的心勾走了……我迷恋于他的字字句句，他把心怀向我敞开。他的网页用的是班德瑞的《清晨》做背景音乐，一种远离尘世的宁静与祥和，似乎在聆听自己，又似乎在聆听着整个世界。好美的水珠，晶莹剔透。清晨，那片清新的绿，随音符一起在心间流淌，蝶飞舞，花怒放，生命在清晨绽放美丽……

静静的一个人，看蝶儿舞过花丛，听风儿穿花弄叶，闭上眼睛，忽略了千年的沧海桑田，眼前只是芳草萋萋，芙蓉淡淡。清风拂过，如沐天浴，整个人变得通透虚无，如一棵草、一瓣花、一片叶、一粒浮尘……在风中摇曳飘浮，浑然忘我……如梦境一般……

只可惜，天籁之音，拙笔难描。所有的语言，都不如闭上眼睛，静静地聆听一刻……

最让我惊讶的是他每一篇日记都有错别字，"但是"写成"蛋是"，"买"写成"卖"，"尊敬"写成"遵敬"，"重新"写成"从新"，许多错别字错得万分离谱，它让我明白我完完全全可以像聊天一样把我所见的一草一木写下来，我可以日积月累，正是这通篇的错别字的网页激起了我的文学之梦，这样一个基础不扎实的人的文章竟把我的魂魄都勾走了，我不也能从零开始吗？我加了他的QQ，他会与我说话吗？从此他便成了我顶礼膜拜的作家……

第二天一早，我发出第一句问候之后便像一个期待上课的小学生端端正正地坐在屏前期待他的到来，当他问道："在做什么呢？"

"在等你。"

"很感动。"

"可以改正错别字吗？"

"可以呀！"

我双手紧握，忍不住做了个加油的动作，便坐到电脑前开始品尝他的文章，我像个猎狗似的全神贯注地盯着屏幕，我把每一篇文章中的错别字抄到本子上，然后再一个字一个字敲上去，当我看到他的头像闪烁时，便渴望他能够回应我，他总是过很久很久才回话，我始终觉得他过于冷漠，现在想起来都觉得自己过分，我从早到晚发几十条甚至于上百条信息，他根本来不及看，怎么回呢？

后来吕荣教我复制，于是我有了更好的办法。记得那些日子里，我完全达到废寝忘食的境地，肚子饿了，杯里倒了两勺奶粉，随后我又投入工作中。当肚子再度饥饿，我才记起忘了泡开水，把开水冲下去之后，我又坐在屏前，当我再次感到饥肠辘辘时，那杯牛奶已经冰冷了，那些日子里我对他的网站极度热情，刻骨铭心的思念，开始时我很担心他会误解我，瞧不起我，我困惑迷茫……可他深厚的底蕴、宽容的胸怀令我着迷，我心中只有唯一的念想，让它更完美动人，让它更成熟丰满……那时，我简直把他顶礼膜拜了，他比较内向，不爱言语，相识了半个多月，有一回我问他能不能称呼一下我，我告诉他我的名字叫爱洁，只渴望他能通过键盘把我的名字传过来而已，他回道"不习惯"。我的泪沿着双颊往下淌，我不明白他为什么如此冷漠，我只是希望能像朋友一样和他交流，在我痛哭之后，通过键盘我骂了他："捧着一颗心来，不带半根草去，这是谎言，你连一根草都舍不得给人家。"我因为他的粗心而哭泣，因为他的无言而伤感，可怎么也改变不了我的追求和渴望，那些日子我痴迷着，几乎到了忘我的境地。我失魂落魄，日日夜夜都和他的字字句句同呼吸共脉动。

他的每一个字都敲打在我的心坎上。我把自己弄丢了，没有和荣温存过片刻。荣担忧地叹道："你被他骗了。"妹妹恼怒道："我要找他赔人。"我像中毒似的无法听进任何人的劝告，始终我行我素，仍不停地为他修改日记，我不安、惶恐，但又无法放弃，我在梦幻中一次又一次朦朦胧胧地感觉到：我不顾一切、千辛万苦地找到了禾雨，他根本不理我！为什么？我到底怎么了？我需要他吗？我为什么如此痴迷？我把自己都弄丢了！我整个人沉醉于其中，甚至连洗澡、吃饭、睡觉都沉迷于他的文字中，我把他的一部分文字拷到打印室，按一张两元钱的价格打印了出来，我兴奋地捧着这些文字冲到了母校，找到了高中的李老师，并一一向他倾诉这些文字带给我的感触，李老师好奇地望着我，递了一份学生简报——《我与白血病抗争》，我用探询的目光问老师："他得了这么重的病？"老师笑了："他身体棒着呢！这是他写的文章，怎么样？"我深知自己走错了门，那个学生的文章条理清晰、

用词得体、语句通顺、详略得当、中心突出、立意新颖、结尾自然、前后呼应，能写出自己的真情实感，写得有滋有味，但我如果是老师，最多只给六十分，因为这个孩子说谎了，这只是华丽词语的堆积，我拖着沉重的步子回到了店里，不知疲倦地翻看着禾雨的每一篇文章，仍继续指出其中的错误，我很执着地告诉他："我明白自己在做什么！"那一刻，我似乎感到了他的震惊，他似乎把杯中的水打翻了，他不知所措地立在那儿……

这时我已经知道发邮件了，我把整篇文章复制下来，在错别字的地方标上鲜明的微笑，这样当他收到邮件后不费什么工夫便能修改自己的日记了，在我认认真真地看完禾雨的网页，并用挑剔的眼光指出其中一个又一个错别字时，我终于明白我爱的是会唱歌的小精灵——每一个文字，我强烈渴望能走近他，我渴望学习各种文学知识，我渴望能早日攻读文学本科，文学硕士甚至文学博士，向禾雨靠拢……我把这渴望深深地埋在我的心灵深处！

我想：我叫他大哥，让他感到不舒服，我很伤心，痛哭不已，可没了称呼并不等于他在我的心中消失了，不存在了，没有了称呼，他让我感到很遥远，心里笔头都充满了苦涩，很枯燥乏味，我竟觉得自己变得有点神经不正常了，怪模怪样的……

我敲打着键盘传了过去："和你聊天儿不仅不会开心，还让我感到很隔膜，没有了称呼，我有点不知所措，叫你'爷爷'可以吗？"

我想老爷爷一定会疼爱孙女吧！

他回道："哈哈，你呀，那就叫我大哥好了，不要总是这样去想。"

"这次是你要做我大哥的，到时候你可别后悔，哈哈！"笑容涌上了我的脸颊。

"我很感激你的，我不会后悔。"

我带着强烈的幸福感走出了店门，观赏着落日如火，倦鸟归林的暮色，沐浴着晚霞的洗礼，放飞思绪的翅膀，回味着与他相逢的点点滴滴，感慨人生际遇的美妙神奇。我仿佛听到了他那充满磁性、恍若如梦的声音，悸动着心灵深处的阵阵战栗，夕阳的余晖映照着热情奔放的脸庞，燃烧着生命的活力，远处黛色的群山和路边轻轻摇曳的草丛，于绿色中泛着微黄，天空在肆意渲染着一幅写意画，墨渍水晕……

从此，我迷上了身边的一草一木，留意家乡的点点滴滴，尤其是家乡的风土民情：

松溪县祖墩、花桥文化积淀深厚，这里流传着古老的提线木偶、花鼓灯、江西路等古老剧种。一次，荣带我去祖墩一座廊桥看路桥提线木偶。提线木偶，当地俗称傀儡戏，于清代由江西传入，其唱腔属弋阳高腔的赣剧曲调。每当"佛期"（菩萨生日）在不同的庙宇都有演出。有些大户人家小孩儿做生日，老人做寿"还愿"，也要请傀儡到庙里"抽傀儡"。我们在祖墩廊桥看到的是由花桥路桥提线木偶剧团张义仔表演的《岳飞传》。演出设备十分简陋，"十支竹竿三领被，搭成一个八封棚"。除六十几个傀儡外，只有一块两尺多见方的"底幕"，也为表演者遮身之用。表演者只有张义仔和他的助手两人。张义仔在前台操纵傀儡，唱、做念、打全由他一人包揽，且不论戏文中什么行当，何种角色，都能随故事情节的推进而随时转换，演艺十分完美；他的助手坐后台配合戏文手脚并用，打锣击鼓兼帮腔，技艺十分娴熟。《岳飞传》是路桥提线木偶剧团保留的传统剧目，剧本文学性强，故事情节引人入胜。张义仔的木偶形象完整，有两套木偶共八十几个，制作精美，神韵含蓄，栩栩如生。张义仔傀儡调以"官话"

（土腔普通话）为主，有时夹杂方言，颇为风趣。我和荣一直坐在廊桥两旁的长凳上，被张义仔娴熟的技艺所陶醉，看客大多是附近村里的老年群众。

就在那时，我无意中得到《松溪四言杂字》，我向身边的朋友请教方言，一字一句地跟着学："雇人作事，半午一工。""春耕夏耨，秋收冬藏。""留洋岩下，李源六墩。"……

我蹩脚的方言逗得亲人们捧腹大笑……

路上的一副对联、街头巷尾的杂耍甚至于路边的小吃都能令我沉迷其中……

婆婆用浑厚的方言教了我许多人生的道理，比如：

钱米短，人情长。

走一路黑一路，越走越没路。

亲帮亲，邻帮邻，鸟儿靠树林。

……

最幸福的人

夜晚，业务员小蔡送货到我的店铺，每家都拉开了灯，大地一下子变成了灯的海洋。街道旁摆上了夜市。夜市里很喧闹，扁食、油炸薄饼、蒙丸、三层糕、小角……各色小吃应有尽有，整条街显得熙熙攘攘，市民们在这里尽情地放松，是啊，人们工作了一天，都想出来逛逛，调整自己的心情。

霓虹灯照着豪华的高楼大厦，显得格外引人注目。那灯光一会儿红，一会儿蓝，一会儿紫……像个风骚的女子尽情地摆弄着各种姿势！

这半个月来，我不曾和荣有过半点温存，更不曾呢喃倾诉，我的心全然被禾雨给勾走了，我终于从困惑中走了出来，我拽着小蔡的肩膀向外走去，调皮地问他："小蔡，你敢不敢陪我就这样在县城走一圈儿？"

"我不敢！"

"我敢！你信不信？"我几乎用挑逗的口吻。

"反正我不敢。"他唯唯诺诺地答道，但他并没有挣脱开我的手。

我随即放开了手，开心地笑着："走，我们买东西去！"

一阵微风从河面吹拂到脸上，来自浙江的河流裹挟着高山的气息，浸润着峡谷的云霓，从旧县延伸到这儿，穿过风景秀丽的松溪县城，画出一条优美的曲线呈现眼前。它如镶嵌大地的一面清亮的镜子；似系在腰间的蓝色飘带，映照了千年古城的沉浮荣辱，见证了水运与农耕两种文明的兴替与融合。

我不禁想到了：

> 兀立三峰紫翠堆，欧师奉命剑炉开。
> 湛卢自此君王气，斯启人间唱几回。
> ……
>
> 有惊无险上湛卢，直指白云俗虑虚。
> 吴越英雄欧冶剑，探奇吊古任君书。

在这个不为人注意的边远小县城，有着多少不为人注意可歌可泣之事——在452年前的明代嘉靖四十一年（1562），地处闽东北偏僻山区的松溪县，就曾抗击倭寇围城40余日，激烈战斗十几场，守城牺牲120人，这场惨烈战斗记载在《明代松溪抗倭纪念坊牌》上。

自古受湛卢之剑气锤毓的松溪人民岂畏倭寇强暴？侵略者嚣张气焰激怒了松溪人民。在松溪县城危在旦夕时刻，以陈椿、张德为代表的仁人志士说服王宾，下了"献和议者斩"的军令，冲上火线，率众冒死拒敌。倭寇头目见城内戒备森严，暂时撤往乡间，制造攻城器械，不久复来围城，攻势更猛，以云车云梯爬城。危急关头，幸得义士张德抢斧当先，砍落登城之敌。守军士气大振，奋勇拼搏，松城才转危为安。守城的军民在张德、陈椿的大无畏精神激励下，个个勇往向前，弓箭、刀斧、石块、鸟铳都成为克敌制敌的利器。倭寇用云车攻城，守城军民则利用粮箕草加上硫硝火药，往城下齐发，烈焰冲天，云车与倭贼俱烬。与此同时，松溪人民还派出散兵过河，在各个路口暗埋"钉板"、"地钩"，不断骚扰伏击敌人。倭寇围攻松城40余日，激烈战斗十几场，始终不能得手。至次年正月十五日，倭兵大溃，拔营遁去。至此，"全城生灵得以保障"。

英烈为国捐躯的历史壮举需要"吊古君书"，铭记彰扬他们。欧冶子励精图治、百折不挠的创业精神；湛卢书院朱熹扬儒传理的教学遗风；松溪人民誓死守城抗击倭寇爱国爱家乡的崇高民族气节；融贯了湛卢文化与湛卢风骨，它们在我的血脉中澎湃着，涌动着……

我也是历史的一员，我不能把自己排除在历史之外，我渴望能从中汲取滋养，我深知从古老的湛卢山涧下涓涓细流，沿途汇纳百川，历经坎坷，奔涌到近代终成磅礴之势，形成一种松溪特质的精神内涵，这正是当今松溪人所倡导的"湛卢精神"，它永远成为激励松溪儿女奋力拼搏、催发向上的精神动力。我生于松溪长于松溪，我的血脉中有着这种特质和强烈的渴望……

回到家，我把买来的卤味放在桌子上，荣、我和小蔡三个人一起举杯庆贺，当我提到禾雨的名字时，荣摇摇头，叹息道："你被他骗了。"

"他骗不骗我已经很不重要了！我找到了人生目标，我一定要朝着这个目标不断地努力。他的满篇的错别字让我明白我要用自己的笔把我一生的故事写下来。"荣开玩笑地逗道："看来，我也要多写错别字，这样才能吸引女孩子……"

从那时起，幸福和快乐笼罩了吕荣的周身，他常常半夜忍不住笑出声来，他的笑声把我惊醒，我欣慰地望着这个爱我一生一世的男人发自内心的快乐：我们的爱情故事是多么让世人惊艳！在武夷山中两座被隔溪相望的玉女峰和大王峰带来的传奇的爱情故事令人们向往，然而，那是撕心裂肺的分离……幸福的爱到底是什么？我个人认为爱不是获得，不是占有，是把对方的快乐摆在人生的第一位，如果人世间的男男女女都知道这个道理，将减少多少的矛盾和争执，许多女人能容忍老公的一切，却容忍不了公公和婆婆的一个动作、一句言语，一个女人爱老公，她怎么就不能接受她的公公和婆婆？没有公公婆婆哪来老公呢？既然你爱老公，就得处处为老公着想，你总是和公婆吵架，岂不是难为你的老公，这还能称为爱吗？我多渴望我能把自己的所有想法一点一滴地通过文字展示出来，让人世间的人们更加热爱生命、热爱家。

开心和快乐笼罩了我，我天天沉迷于文学的海洋中。记得有一天，荣与我开心地相拥在一起，沉沉地进入了梦乡。当清晨第一缕阳光扑进我们的窗台，我睁开惺忪的睡眼时，荣与我大汗淋漓地甜美地拥抱在一起。他安详地微笑着，他沉浸于幸福的仙境中：自己深爱的女人活得幸福快乐是他一生的追求。他终于如愿以偿，他开心快乐的笑容感染了我，我用温润甜蜜的嘴唇轻柔地抚摸着他那厚厚的双唇，他柔情似水地回应着，把我紧紧地拥入怀中……

当挫折打垮我时，我的心中充满声声哀怨，字字血泪；当我从挫折中得到感悟，我深切地感受到这世界对我深深的厚爱。我感情奔放，写出来的字句回肠荡气。我相信我的故事像涌动的泉水，时而一汪成潭，时而冲刷而下，发出清脆的回响。内心贮藏的话语越来越多，快要把我的胸膛撑破了。我是为爱而活着的，我渴望生命和时光的隐秘从十指滤出，来一次酣畅淋漓的宣泄。这是描述真爱的诗，是发自内心深处的歌，像穿破雾霭的尖利明亮的闪电。

一系列偶然事件迫使我和荣走到一起，如果没有彼此不懈的努力，相互体贴和呵护对方，我们不可能走到今天。

我和荣在一起迸发出奇丽的光芒，我们俩一起飘动翱翔，就像美妙的梦境。我跟随着他来到这儿，转到那儿，依佛我们是一块漂亮珍贵的方巾，又像一簇鲜花，被展现在众人面前，成为朋友们称道的"珠联璧合"。我渴望把荣和我的故事留在这世上，让世人知道什么是真爱！这是一笔不可多得的财富，我似乎就是为了它才来到这世上的，我终于找到了我的人生目标，我将为之呕心沥血，当荣得知我沉醉于写作的幸福与快乐中，荣常常在睡梦中呵呵呵地笑出声来……

　　人们都认为网络是虚拟的，可我却感受到它的真真切切，每一个字句都是心灵的呼唤。在现实生活中人们常常以貌取人，网络却通过点点滴滴展示一个人的心灵世界。除了日常生活和工作，我把所有的精力都放在了网络上，那是我一生中最忙碌的日子，也是过得最幸福的时刻，我在网络上收集了许多可贵的资料，也结识了许多出类拔萃的精英，这一段经历极大地丰富了我的人生，是网络让我明白每一个人的一生都是与众不同的，不可复制的，不管多么卑微的生命都是独一无二的。那一段时间，我的思绪纷纷扬扬，它们在我的脑海里四处乱窜。人们都说男人好色，可男人不和女人在一起好色得了吗？每一个好色的男人总要适逢一个女人，性对于男女是平等的，有几个男人在过性生活，必然有几个女人相陪着，除非是同性恋患者。我是母亲的延续，孩子是我的延续，我的生命中早已没有死亡……人的一生得到永远大于付出，不管发生任何事情，我们都要怀着一颗感恩的心！女人和男人对物质和精神的追求是平等的，网络没做对不住人类之事，操纵网络的是人而不是电脑！

　　禾雨的字字句句敲打在我的心坎上，文学对于我来说不再是枯燥无味的书本，它变成了一个个会唱歌、跳舞、欢天喜地的小精灵。

　　生命的意义在于过好每一天。有的人之所以会成功，就在于他抓住了今天。让我们充实生命中的分分秒秒，让它奏起欢快的歌儿。假如我下一分钟将离开人世，我也要让这最后的60秒快乐充实……

　　禾雨给我的感觉始终是冷漠的，过了几个月，我收到了他的电子邮件：希望你永远有这样的热情爱心去做好每一件事情，我

能懂得你的心情，你会成为最幸福的人，因为你的爱人——荣，他懂得你的爱心，他会珍惜到永远的。你帮助荣做好应该做的就好，让荣更有信心去做一个好医生。

收到这句话时，我热泪涟涟，一个我见不到摸不着的男人，能如此的知我懂我，他的话语在我的心中激起爱的火花……

一直以来，习惯了依赖荣，总喜欢把心里的感受与荣分享。一天，薄暮笼罩着大地，最后一抹晚霞渐渐隐去，天幕变成了一块柔软的黑色天鹅绒。夜渐渐地深了，我们关了店门上床时，荣把我紧紧地搂进怀中，让我那柔软的胸部和腹部紧贴他赤裸的肌体，吻着我那两片热乎乎的嘴唇，感觉那湿漉漉的舌尖，他把我抱起来，我们紧紧相拥，热吻升高了我们的体温，拥抱松弛了压力。我们彼此纠缠着，他贪婪地拥紧我，一刻不停地狂吻我，仿佛生怕我随时会在他的生命中消失。

"我一定要把我们的爱情故事写出来，我简直不敢相信这一刻会到来。"我喃喃道，他在我身边喘息着，他的抚摸早已挑动我灵魂深处的欲念，我的全身滑腻得像沉溺在水里，我们的呼吸急促，毛孔扩大，强烈的心跳就像蛮荒土著的击鼓，烈火愈烧愈旺，鼓声也愈来愈强……

他握着我的双手，我们身上渗出的汗液，仿佛汇成了海洋。我感觉自己在大海中漂流着，我不知道自己会漂流到什么地方，只感到了那个地方一片亮白，世界恢复了平静，我蜷缩在他的怀里。

"荣！这样的幸福一天足矣！"

"傻瓜，幸福的生活才刚刚开始呢！"

我们心跳加速，体温骤升，身子像加了酵素的麦粉，不断地膨胀……

唐荷的由来

此后，我见缝插针地挤时间写日记。每当我重新拾起它们时，总有阵阵热浪涌上我的心头。我在珠海拾贝中享受着上苍的赠予！我渐渐地开始总结归纳自己的文字：每走一段路都会有感悟，每想一句话都会有新奇，每动一次笔都会有快感，每上一次网都会有收获，每沉思一次都会有火花。

我本想给自己取个网名——蔷薇。那是一种很不显眼的白色或淡红色的小花，有芳香，果实可入药。我希望我能成为蔷薇，在不知不觉中给人带来阵阵芳香。

但转念一想，"蔷薇"这个名字，不适宜我活泼、开朗、自由洒脱的个性。我思虑了很久，我应该取一个更适合的名字，我想起荣对我的评价：出淤泥而不染，就让我成为那池塘的荷花吧——唐荷！

我的博客取名为《我的点点滴滴》。禾雨在我的网名下评论道：我相信精诚所至，金石为开。你是一个坦诚的连自己都全然忘记了的人，就凭这一点足矣，我相信你会做好你想做的事情的，尽管有一些人会觉得你傻，但是我不觉得，为你的执着而感动，希望你注意自己的身体。

接下来的日子，禾雨消失了，电话关机，网页不再更新，他

似乎突然间蒸发了，我越来越不安，心乱如麻，这夜夫妻俩早早关了店门，荣牵着我的手来到了石椅旁，微风拂面，挟带着润润湿湿的气息，他伸手抚摸我的脸庞，我悄悄地问荣："是不是我写的日记影响了禾雨的生活？"

荣心疼地问道："你怎么就这么傻呢？"

"这么傻，你还要！"我噘起小嘴唇，生气似的。

"就是因为你太傻了，上苍才派我来保护你的。"他拥我入怀，透过袅袅薄雾和摇摇曳曳的树隙，城市的喧嚣已被轻纱一样的夜色隐去，四周一下子又妩媚了许多，他亲吻着我的双唇，我忘情地投入到爱的芬芳中……

第四章

初到福州

萝卜白菜各有所爱

　　吕荣无意中搜到福州的诊所公开招标，便挂了电话给他的同学晓杰，让晓杰帮助交一下报名费，我以为一定会石沉大海，不曾想晓杰还真的帮了大忙。不久，荣便赶到了福州，租了个店面等卫生局审核，终于事事顺利，有一天深夜荣匆匆忙忙地回到了松溪，倒头便睡，次日一早，他对我说："一会儿表妹家有货车到福州，我们把中药柜寄一个下去，你只等通知，上级通知一到，你就赶下去准备装修店面。"

　　我在店里忙着看病抓药，同时还整理中药柜，把其中的一个柜子中的中药全部倒腾出来，并且在袋子中标好药名，过了不到一个小时，货车便来了，中药柜送走了，心想："这两天抽空做些准备吧，得整理一些东西下去。"

　　差不多十一点钟，荣打电话给我："这下接到卫生局的电话，明天早上八点开会，你现在就去福州，你得按要求准备一切！"

　　我连午饭都没吃，匆匆忙忙地抓了一套夏天的衣服，冲到了汽车站，已经没有直达的汽车票了，只能坐到南平，改乘火车。当我到达火车站时，因受台风影响，火车暂停，得过凌晨十二点才会发车，汽车更是停开了，只能在火车站等待着，由于行李很少，我来到了江边，望着滔滔江水，我深知这便是闽江，建溪、富屯溪、沙溪三大主要支流在这附近汇合为闽江。继而穿过沿海山脉至福州市南台岛分南北两支，至罗星塔复合为一，折向东北流出琅歧岛注入东海，此刻这些激流的浪花带着我的思绪向前奔涌，我似乎就是其中的一朵浪花，跟随着大家一起来到了于山、乌山、屏山三山鼎立的榕城，白塔与乌塔正相对视着……

回到火车站，我掏出笔来写日记，一个四十岁左右的男人饶有兴趣地与我聊了许久，对我赞赏有加，并且说我的文字极有潜力，今后一定在文学上有一番作为，也许在文学上的成就及收入永远超过医学专业，被滞留于火车站本是一件令人十分心烦之事，但我却把它过得像获奖似的，心中涌过阵阵暖流。

随后，我参加了各种紧张的会议，同时按上级的要求寻找医生、护士及装修店面，我总是拿着一支笔、一张纸，想到啥，就见缝插针地写，有时还会念出来与他人分享。父母不住地阻止和埋怨，我常常私下关了房门，让他们觉得我上床去睡了，我悄悄地留下几个文字，我渴望把自己的所思所想通过我的文字展示给世人，让人们看到我和荣的幸福和快乐，让更多的人有所感悟，改变许多的陈规陋习。

一切安排妥当，只等上级来审核了，在一个烦躁的夏日，一家人赶到三坊七巷游玩。这是个人杰地灵、文儒武将汇聚的场所，我们参观了林则徐、严复、林觉民、冰心、林纾等名人的纪念馆，他们个个俊采星驰，其雍容深厚的历史沉淀深深地吸引着我，他们像一颗颗璀璨的明珠在我的头顶上闪烁。我仰望着他们，细细品味他们的人生故事，感受着这些传奇伟人的博大胸怀，特地购买了相关的书籍，妈妈在一旁唠叨："你好好地当医生多好，既挣钱又能博得好名声。"

爸爸一脸的严肃："你走文学之道是没有前景的。"我早就

知道他们言之凿凿地反对，把备在袋中的一张纸掏了出来："爸！你看，这诗写得如何？"

　　我们欢唱，我们翱翔。

　　我们翱翔，我们欢唱。

　　一切的一切，常在欢唱。

　　一切的一切，常在欢唱。

　　是你在欢唱？是我在欢唱？

　　是他在欢唱？是火在欢唱？

　　欢唱在欢唱！

　　爸爸表情严肃，用一种非常强硬的语气批评道："写得乱七八糟的！做医生有啥不好？这世上那么多作家，你比得上别人吗？再说，作家应该上知天文下知地理，你懂什么？"

　　爸爸的话令我欣喜若狂，我也觉得郭沫若这首诗写得实在不怎么样，有一棵橄榄树悠闲自在地张开它那大嘴巴，贪婪地吮吸着春姑娘送来的雨露。橄榄树枝干又高大又粗壮，像威武无比的将军，那一片片青翠欲滴的叶子则在微风的伴舞下欢笑着、摇晃着。它似乎在对我说："萝卜白菜各有所爱，也许你的作品不一定能感天动地，但至少会有一小部分的人喜欢你的文字，那么你的作品便有了生存的意义，只要能影响一个人，它便能发光……"我深知在尘世的蒺藜中，我在一点点艰难的扎根，我就像这棵不起眼的橄榄树……

天使与魔鬼相逢

一个又一个网友与我相逢，奏响了一曲又一曲动听的歌儿，有的如遏云绕梁，有的如鹤膝蜂腰，有的缓歌曼舞，有的高唱入云……

我渴望能实实在在做一些事情，但网络上人来人往，形形色色，且难以固定，像人们乘坐公共汽车似的，每一站有人上车，每一站有人下车，许许多多的不定因素让我难以取舍，但不管任何时候，我都坚持每天写日记，同时把日记发到博客上，尽管很难遇到高素质的网友，但还是能时时找到欢欣。有个朋友常常发可人的网页给我，那些画面很优美，配上动听的音乐，整篇文章让我感觉像一首动人的歌曲。我不仅仅把它们抄在本子上，更多的时候是静静地品读它们，它们给我丰富的滋养，令我沉醉。但我每天得接触各种各样的病人，一个人在省会打理店铺，荣不在身边，病人在这儿挂瓶，我得陪着，自己上网打字会让病人感到失落，甚至于觉得我不负责任，所以，我总是尽可能地读一些好文章给他们听，自己也有所收获。

那段日子里，我收集了一堆的聊天记录，完全反映了网络是心灵的呼唤，尤其是我与善琦的聊天记录，整整持续了一个多月，有一天晚上，他来到我的店铺时，我妈妈也在，我向妈妈介绍他

是某个医院的副主任医生，妈妈放心地早早离去，当我在电脑前打字时，他搬了张椅子坐在我的身边。他趁机把手放在我的手上，我很紧张，悄悄地、毫不吱声地站起身，离开他。他很失落地坐在那儿："你对我就像对待一个色狼似的。"当他与我聊到日常工作时，建议我建Excel表格以管理药品，我一窍不通，叫他教我，他不乐意地呆坐在那儿，我推了推他的肩膀："就算我不对，向你赔礼道歉，还不行吗？"他很认真地教我，我比较笨，他笑道："我教老婆都没这耐性。"他悄悄地把手搭在我的肩上，我淡然处之。他竟开始摸我的背，我又一次悄然离去，天上下起了毛毛细雨，他不住地出去望望，直到十二点多才离去。从那以后，我学会了最简单的Excel表格，我们把每一天进的货一一输到表格中，这个表格一直沿用至今，每一个药剂人员都离不开它……

次日，我依然上网写日记，但不提令他敏感的字句，主要写他的才华、学识等让我喜欢的点点滴滴，还与他说写文章不能太真实，得有想象力。他很满意，两人又继续上网聊天，每天都聊到晚上十二点多，那些日子里，他不停地告诉我他爱我，还说他会带我去玩，把我当妹妹，但同时，他一次又一次地解释我们并非亲兄妹，我们之间难免会产生爱的渴望与冲动……

被人所爱本应快乐着，但我感到十分的痛苦。从早到晚什么事也不想做，晚上我睡不着觉。我不知道这种情感会折磨我多久，我心里就像开了个杂货铺似的，盐巴、酱油、味精、红酒、花椒全都倒在一起，搅拌得我浑身热辣辣的，我知道他让我痛苦的同时竟让我时时在想他，我不知道该如何了断这种情……我心里充满着对他的妻子的歉意，我对不住他的妻子，此时此刻如果我是一个单身女子，我都不能和他走下去，我心乱如麻，我渴望他把我们俩的关系摆好，自从认识善琦开始，这种痛苦就开始产生，是我爱上他了吗？我不住地问自己，不是，可为什么竟让我如此痛苦呢？我渴望尽可能地走得开心一点，我可以像一个亲妹妹，和他一起出去玩，一起上街，我可以买衣服送给他，如果有一天他病了，我会去照顾他，我心里不断地想他和我说的话，我一直不明白，他让我流泪了，可他却不知道什么原因让我哭泣，我和他这一段历程为什么走得如此艰难？

我们越聊越多，他不住地想把我往性爱方面引导，又同时说他按我的渴望进行，我回不去了……有一回，他告诉我今晚他对我动了感情。紧接着，我看到他把手放在了裤子的上方，同时，他告诉我要给我看一个东西，还叫我不要取笑他。我吓坏了，关了电脑，这时正是2004年9月3日凌晨，他见我慌慌张张地下了，挂了电话给我，像个受伤的猫儿呜咽着，我说了句："去睡觉吧！"

我知道这已经不是我一开始指望的聊天，我一直认为他从不勉强我，虽然很多过分的话语，倒还是可以理解的。到目前为止，他并没有对我造成多大的伤害，在我强烈反对下，他也没强迫我看小电影，可我不能再和他聊下去，我此时此刻想到了他知道我的隐私，我怕他会用它威胁我，一个晚上我都没好好入睡，心里沉甸甸的，我需要荣，打电话给荣，他叫我不要再理睬善琦。早上去卫生局开会，什么也没听进去，我只渴望时间快一点过去，正午，他上网了：妹妹，昨晚睡得好吗？

我没有理睬他，不久，我的手机响了，我深知是他，我忙把手机递给病人的家属："这个男人在骚扰我，你告诉他你是我的老公。"他望了望他的妻子："你管我是谁，你就是这个电话，是不是？我知道你了。"

他仍继续上网骚扰我，我回道："我的妻子这下去医院看病了，你这聊天记录有问题呀！"

他连忙解释："她爱文学，叫我为她提供素材，我们都是有家的人，都知道分寸，到目前为止，我们没有发生任何事情。"

"你给我闭嘴！"

"我无须闭嘴，可以坦荡地说，你电脑中的那个Excel表格是我帮助建立的，如果有需要，你带她一起来找我，我欢迎你们！"

荣劝我尽快删除他，我回道："我要的就是这份聊天记录，那是心灵的呼唤，我舍不得，等我复制好后就删除他。"

荣把天使的网页发了过来，那张着翅膀的天使从天而降，伴着优美动听的音乐，一股暖流溢入心怀。荣温甜地对我说："如果真有天使的话，你就是那可爱的天使，我爱你，宝贝，你是世上最善良、最可爱的天使！"那一刻我泪如雨下，我感受到这世间给了我浓浓的深爱，我恨不得纵身一跃，就让我做一回天使吧！

正是荣的比海阔比天宽的胸怀培养了坦坦荡荡、渴望把爱留在这人世间的唐荷！

现在，我回味自己走过的人生历程，明白我只是一名照实抄录的记录员，但年近半百的我，已渐渐地从我的人生经历及各种作品中，感悟到了写作的更深层的味道。我坚信随着人生阅历的增加及亲朋好友们的帮助，把我的故事留在这世上已成为必然……

我和善琦相识的日子里，天天都在网络上发表日记，但我把纪实全都珍藏在自己的私人空间，故而他一直陪我聊了许久。我当时痛苦地挣扎于其间，如果抛弃善琦渴望占我便宜这一点，善琦的才华能力及方方面面还是有许多可取之处的。如今当我整理这文章时，我深切地感受到善琦所说的话是人心底深处最真实的想法，任何一个男人或女人除了自己的爱人以外，都渴望有异性朋友喜欢、欣赏，人的渴望是永无止境的。当一个人在人世间踽踽独行时，他是多渴望这世上会有一个人与他牵手，与他白头偕老，同甘共苦。而当他得到后，他也许在短期内满足了，但平淡的生活会让他感到索然无味，如嚼白蜡。他渴望新奇，渴望变换口味，于是，婚外情、婚外恋在任何时代都比比皆是，而随着网络世界的到来，人们接触相识的机会越来越多，在现实生活中不敢说的话通过网络可以尽情释放，于是婚外情、婚外恋愈演愈烈，几乎是熊熊燃烧起来了，人们不自我反省，却把一切归结于网络世界。

　　既然人性是贪婪的，人的欲望是永无止境的，我渴望把我的人生的永无止境的渴望放在精神上，而不是物质上，让我与情操高尚的人的心灵相互呼应，用这样的方式走完我的人生历程。

　　吕荣尽管深知善琦对我的渴求，但吕荣一直用宽容的胸怀包容我的一切，他信任我，给了我自由自在的空间，他从没有提出一句阻止的话语。那时，吕荣在遥远的县城，从装修店面到审核再到开业，我都一个人独当一面，请了医生和护士，由于刚开业生意清淡，我几乎把所有的业余时光都花在了网络上，真正的达到了废寝忘食的境地……

最美的橄榄树

　　我的店门口有一棵已种植五年的橄榄树，据说头三年一粒果都未结，去年结了少许，枝干、树叶都很细嫩，微风吹过，发出沙沙声，当叶子被风吹下来的瞬间，轻轻柔柔地飘了下来，有蝴蝶飞舞的感觉。微风吹拂的日子，我在橄榄树下享受大自然创造的浪漫。现在正是橄榄成熟的时节，橄榄是福州的"福果"，由于橄榄从结果到成熟，果色始终是青绿的，故又名青果。它既是"有福之州"的特产，又有"幸福"的吉祥寓意。还被叫作"谏果"，因为它"始涩后甘，犹如忠言逆耳。"初吃时觉得又苦又涩，而回味后却觉得清香、甘甜。正是"好处由来过后见，待郎回味自知甜"。

　　大约九点，我便关了店门，去吃点心，耳边传来："不要问我从哪里来，我的故乡在远方，为什么流浪，为了梦中的橄榄树，流浪远方……"音乐响起总是那么的摄人心魄，每一次徜徉于其中都是那么的缠绵……

　　我在网络上认识了"缘"，他对我说："如果我见到你一定把你高高地举起来！""你是我钦佩的女人！好作品并不需要如何的高深莫测，就你作品中的真情实感足以令读者享受一番。"我也深深陶醉于他那天籁般的嗓音，舒缓幽美，那略带磁性的细语，带着几分苍凉。

　　也许是我的热情感染了他，他在出差来榕城时，决定赶到我的店里看望我，特地打电话给我。当时，仅我一个人在福州开店，心里总是忐忑不安，很怕网友前来，我支支吾吾，不敢把地址告诉他，他一再表示拿身份证给我看，我没法接受他，通过电话那一头的沉重叹息声，他的失落和痛苦搅碎了我的心，可我又无计可施，我也深感可惜，他就这样离我而去了……

　　初夏，橄榄树显得更加枝繁叶茂了，就像一把巨大无比的伞。这时候，橄榄树上就会结满了黄豆般大小的橄榄。渐渐地，果实越来越大，形状也变得椭圆椭圆的，说得准确一点就是和梭子一样：两头尖，中间大。一次，因为我太高兴了，便摘了几个未成熟的青橄榄来吃，老天，没想到又苦又涩，简直比黄连还苦，我差点都张不开嘴了，我连忙把橄榄吐了出来……

　　不久，才华横溢的枫林与我相识了……枫林给我带来了许多欣喜和欢乐，我总是反反复复品味着枫林的聊天记录，我从中得到了许多的滋养，直到后来，我才知道枫林是"缘"专程介绍给我，来成就我的文学之梦的，今天，我回忆自己所走过的历程，为此生没能与"缘"相逢甚感遗憾，我们有缘没分，甚至于连视频都没有见过，随着岁月的流逝，我连他的名字都毫无印记了，我渴望能在梦的路口与他相逢，我在心中永远保留他的美好形象，即使岁月变成沧海桑田，他也永远是我心中那棵最美丽的橄榄树！

　　直到今天，当我用回忆的羽翼梳理自己走过的历程，我渐渐地感觉到善琦所说的话是人性最真实的一面，他的点点滴滴不由地涌上我的心头，我一次又一次回味与他相识的片段，不断地感受其中的滋养。我深深地感受到他也是一棵橄榄树，最苦涩，但最终还是有甘甜的回味！谢谢这些陪我走过的朋友们，是你们像一级一级的台阶把我托起来的，今天，我站在高山之巅，感受着蓝天白云的轻快，是你们的托扶才有我现在的闪光！

第五章

秋　水

蓝颜知己

风花雪月，男欢女爱，似乎是人类社会中的一个永恒话题。谁不渴望能来个传奇的爱情故事，在这个种植着青橄榄的"有福之州"，也悄悄地在酝酿着一场青涩的爱情故事。

秋水的个人说明：谈笑有鸿儒，往来无"白板"。闻琴解佩神仙侣，高山流水觅知音。知我意，感我怜，此情须问天！

我把网址发给了他。

他：我的心被你感动了。我遇到了一位有修养，内心世界很丰富又富有同情心的优秀的女人。我感到很幸运，因为和一位优秀的人相处可以让自己的修养得到提高，甚至是心灵得到净化。感谢上帝，我当初没加错人。这是我此刻内心的感受，可惜我的文学水平不高，真是书到用时方恨少，等我再好好地拜读你的大作后，我也班门弄斧一下。今天我很高兴。因为在网上很难遇到如此优秀的朋友，而我却有此大幸。

我们不时地互相留言，这一天，我们视频聊天，因我没装音响，我们互相敲打着键盘。

他：这几天，我只做了一件事，就是用心细读了你的日记。我仿佛来到了一个清新而又纯洁的世界，尽情地享受着这沁人心

脾的初夏清荷之香。真想退居山野，融入这清荷的世界。我能从中感受到你的情怀。我不是在用我的眼睛看你的日记。

我：是的，要有心人才会看得懂的。

他：你很有内涵，我很欣赏你，我是用心来看你的日记，你很美、很善良，这是一个天使的心路历程。

我：是荣让我知道我的优点的，我的一切都是他给的，他给了我全部的爱，他造就了我。

他：你很爱他，我能深深地感受到，你的内心是片至纯的净土。

我：谢谢你的夸奖，前两天有个男人不住地说我是傻女人。

他：傻才可爱呀，你的笑很甜。

我：开心就好，那么聪明又不能当饭吃；该傻的时候千万不要太聪明，这是人生的道理。

他：这才叫聪明，所以我说你聪明。

> 问余何事栖碧山，笑而不答心自闲？
>
> 桃花流水飘然去，别有天地非人间。
>
> （李白）

我：你才是有真才华的人。

他：过奖了，我不过是抄了李白的诗句。

我：我知道，可你的心里不少诗篇，我都没有。

他：都是别人的，我不会写，我只会欣赏。

> 绿蚁新醅酒，红泥小火炉。
>
> 晚来天欲雪，能饮一杯无？
>
> （白居易）

我最喜欢这首诗歌里的生活情趣，我很欣赏你的生活态度。

我：大家都想这么过，只是难，我的心情也很会波动，我尽力就是了，只要心里有爱心，做什么都开心。

他：简直就是至理名言。我们是否很累，关键还是我们怎么看待我们的生活，我们的工作，我们身边的朋友。

我：善琦说我写的严重脱离现实，他认为男女在一起，就会拥抱、接吻……

他：有的人生活在一起很久，可就是不能理解对方，但有些人几句的交谈就有相见恨晚的感觉。正好你是医生，看看我是不是有毛病？

我：好哇！

他：男人是个很激情的动物，就是见到异性就会有反应，这就是善琦说的拥抱、接吻，甚至那个。他们的性爱和感情的相爱是可以分开的，而且好像很乐意这么做，而我就不喜欢这样。

我：你爱你的妻子吗？

他：爱。

我：这就对了，他们为什么分开呀，他们不正常啊。我上网见了很多无聊的男人，都是性不满足才那样的。善琦的妻子身体不好，不能让他满足，一个月只和他在一起一次，所以他就想出去找哇，别的时间都是分开房间。

他：我的性爱是和情爱在一起的，也就是说，如果我对某个人没感觉或者说是没感情，我不会对她有性要求的。

我：那当然，要是人人都能这样，社会就能健康发展了。

他：我最欣赏你的纯真、善良，还有你对问题思考的习惯。

我：其实网是我所有的快乐（除了荣）。

他：是的，网络是一个全新的天地，能结识你，也得感谢这

神奇的网络啊。

我：你对我帮助很大，你给了我信心，让我更用心去写生活的点滴，我听到你的笑声。

他：看见你，我更是由衷的笑，是你的清纯让我得到净化。

我：你本身就很清纯。

他：我很世俗啊，凡夫俗子。

我：荣一天到晚笑嘻嘻的，以前我总说他没气质，他说：和别人不同就是气质。

他：我也喜欢笑，这下我高兴了，原来我还有同伴啊，你真是一位好医生。

我：是好朋友。

他：太感谢你了，有你这么一位朋友，是我生命的收获。上次我说过，很幸运，没加错人。是啊，人生难得一知己。能有一个红颜知己，这该是多么幸福的事啊！

我：到了节日，总能收到祝福。

他：是啊，这很让人感受友谊的珍贵。

明月别枝惊鹊，清风半夜鸣蝉。

稻花香里说丰年，听取蛙声一片。

七八个星天外，两三点雨山前。

旧时茅店社林边，路转溪桥忽见。

你看，这是多美的人生画面啊，所以说，我们的生活到处都有美，只是我们怎样去发现它们。

我：是的，他们没发现美，所以他们不能理解我们，反而取笑我们。

他：我从不怕别人说什么，就看你自己怎么看了。你知道吗？你是一个让人疼爱的女人。

我：可这也让很多不怀好意的男人动心了。

他：就是因为你的才情，你的善良，你的温柔，至少我是这么看的。他们不动心，那他们就真的不正常了。

我：我很小心的，现在不让他们来我这。

他：是的，不是你了解的，不要告诉别人你的电话和地址，这也是对自己的保护。

我：不过我可能过几年就会出名，不是因为日记，而是因为店铺，到那时我也老了。

他：那就更好了，做一个新时代的白求恩吧，但你的美丽依然。

我：荣一来，这个店就会兴旺起来。

他：他也是医生？

我：我没能力，只会帮他。

他：他是一个如此优秀的男人！

我：我说我什么也不会，他说：只要你好好做老婆就行了。

他：有你这样一位人美、心灵更美的老婆，这个男人该是这个世界上最幸福的了。你们的事业前景一定很辉煌的，一个新的同仁堂。

我：我说他的心没我好，他说要是他像我一样，全家都饿死了。

他：哈哈，是啊。

我：他说他对我连心都没了。

他：要救死扶伤，要挣钱养家啊。

我：是的，这就是生活，不过他和我共同的一个观点是先多挣一点钱，以后搞福利事业。

他：看过茜茜公主吗？

我：没有，和你们一聊，我就成了文盲了。

他：你多像她啊，她很美，你也像她那么美。

我：谢谢，一个网友说智慧的女人是最美的，我有同感。

他：我赞同，也就是有才华的女人，也就是很会处理事情的女人，也就是该聪明的时候聪明，该糊涂的时候糊涂的女人。

他：我喜欢你的笑，我更喜欢你的名字：唐荷。是你自己取的吗？

我：荣说我是出淤泥而不染，我就取了它。

他：因为："唐"让我想到了我国的唐朝——一个伟大而又美丽有生命的时代，它雍容尔雅，美丽华贵；"荷"让我想到了荷花——一个出淤泥而不染的花之精灵，清香而沁人心脾。这就是我对你的感觉，也是我喜欢你的原因。我出自内心地欣赏你和尊敬你，我做梦都想有你这样一位如此娇巧、柔情似水的妻子。

我：我老公可是跪过好几次呀。

他：哈哈，那我得先向他讨教讨教哦。我有时间就把你的日记看完，我能从里面得到净化，我们对生活的感悟有很多是一样的，不知你以为如何？

（我总是和人在聊天时在网上随意浏览各种文章）

我：以薄露透为宗旨的女士时装大行其道，势不可当。露肩露背露肚脐，无领无袖无下摆。如此这般露下去，哪一天街上流行树叶裙也未可知。然而，所谓时尚者，一时之尚也。捂的年头多了，必然想露；露的时间长了，觉得没意思了，再接着捂。所以，不能排除其他的发展趋势，比如向连体泳衣靠拢？

他：哈哈哈哈，说得好啊。是这样的，这年头女人们只会跟着潮流走，没有自己的判断。你露我也露，看谁露得多。

我知道他和我开玩笑，在网上能聊到这样尽情发表自己的看法和观点真是痛快，人生难得一知己，现在很多婚外恋、婚外情，都是建立在他人痛苦之上的，快乐是暂时的，不可能持久。一个人只有在家里找到快乐，去珍惜它，去呵护它，让它更绚丽，发自心底深处的快乐才是真正的快乐。我们又聊了几句，下了。这样的朋友才是真正的朋友，在心灵深处能坦诚相待，能相互勉励、共同进步才是人人渴望的真情。许多人认为男人才有激情，其实女人也是一样的，人本来就是高级动物嘛，只是几千年的教育把女人的一点渴望给扼杀了。其实男人爱女人的活泼可人，女人也爱男人的温柔，女人在疲惫不堪时也渴望男人能递上一杯温热的香茗，缓缓驱散自己脸上的倦容，你们以为呢？

那些日子里，妈妈总是不断地担心我生意的惨淡及网络聊天对我的生活造成的影响，一而再、再而三地阻止，甚至不断地在荣面前提及，荣总是用微笑迎接妈妈的抱怨，也许妈妈觉得培养下一代的孩子更为重要，对我的网络情缘也就不了了之了。

爸爸总是惊叹地睁着眼睛："你是我的女儿吗？怎么越来越小啦？你老公能包容你，任你，真是不容易……"

他们怎么可能知道我的宏大志向？我没有申辩，也无法解释，只是尽全力做好自己应该做的细碎小事，爸爸妈妈甚至于常常故意拖我上桌打麻将，在他们的心中：让我打麻将是调整一下心情，当我工作时，将会有更高昂的斗志，而写文字纯粹是浪费时间，甚至于影响工作……

只要有机会上网，我便用唠叨的方式写出一篇日记。随着日积月累，它们便像一滴一滴的小水珠从高山上滴滴答答地溅落下来，继而发展为涓涓细流，缓缓地聚在一起，越聚越多，渐渐地形成了一条小溪。随着我不断地努力，我深信它将成为一条不为人知的小江，随着身边的小水滴的不断聚拢，一条河流便渐渐地形成了……

挣扎于不断反思的痛苦中

随着时光流逝，寒来暑往，我不再只是写流水账日记，更多的是反复对比生活中的点点滴滴，从点到面，由表及里，由此及彼，以小见大。

我深知活着是短暂的，再长的寿命也只能活三万多个日日夜夜，而死亡则是永恒的，人人都必经死亡，我是母亲的延续，女儿是我的延续，我的生命中早已没有死亡。

由于生活所迫，我一个人在榕城开店，荣不在身边，我的医疗水平的低劣及见识的浅薄，时常推诿病人，但我深知每个月两千元店租的艰难维持，我又认真处理每一个能消化的病人。

爸爸妈妈总是抽空给我送来吃的用的，妈妈更是万分担心生意的惨淡，有时，我在夜里出诊，甚至于陪着病人过夜以挣取那微薄的收入，渐渐地，我把店经营到不亏房租，有时也挣到一点儿工资，但我每一天在写作过程中总爱反思，有一回，我的妈妈和夏医生到我店里时，有个男人递了一张五十元的假钞给我，当我打算把它塞进抽屉时，发现不对，我便对他说："你这张钱是假钞，不能用！"

他回答道："不可能！"

"我这下连抽屉都没有打开呢！"

"我根本就没去别的地方过，昨天也是你找给我的！"

"难道我昨天找了假钞给你？"我感到百思不得其解。

"就是你找的！"他理直气壮地说着。

当时，妈妈和夏医生都同时指责那个男人，他收回了那张五十元的钞票，递了张一百元的给我。他离去后，我怎么想都不对劲，不由地把整个过程描述了一遍，在不断反思地过程中，我痛苦不已，我甚至于觉得自己挣的钱也是肮脏的。

有一天，我在盘点药品时，发现医药公司多送了两瓶货来，便渴望还给他们，荣交代说没关系，但他很快地感觉到我的心结，便同意了我的做法，我对荣说："我都快疯了！"荣安慰道："你爱怎么做就怎么做，千万不能疯啊！"

当秋水哥哥得知这些时，他不由地感叹道："你实在是太纯洁的，人活在现实社会中，你们挣的钱是靠劳动力凭本事挣来的，是干净的。荣要养家，要为一个家不断去付出，你不能觉得是肮脏的，不能这样折磨自己，你应该很坦然地接受现实生活，认为自己也是社会的一员，荣开心地做每一件事是因为他爱你，用心呵护你，你要写出心底深处感人的诗篇，让人世间的男男女女去爱自己的生命，爱自己的家园，首先要好好地珍爱自己！"

秋水哥哥说能认识我这样一个清纯的妹妹感到十分的幸福。他说人就是始终矛盾着的，人人都渴望能像我这样脱俗，可大家都做不到。我的目标是写出真正感人的诗篇，而不是让自己在剖析中自寻烦恼，我没有理由折磨自己。我的生命不再属于我个人所有，我要把荣和我的深爱留在这人世间，让人们看到光明和前景，不要责备上苍对自己的不公平，人只有不断地剖析自己的不足，从而让自己勇往直前，抱着一颗感恩的心珍惜自己的分分秒秒，一草一木。

荣通过网络对我说:"不赚钱拿什么生活,生活靠我们自己,生活每天都在变,钱是没有罪的,该挣的钱就要挣,这叫君子爱财,取之有道。"

随后,荣又补充道:"只要你不离开我,我什么都不怕,什么都可以写。"荣就是上天派来保护我的天使,我希望上天能派足够多的男人来保护人世间所有的女人,每一个女人也要倾心爱自己的男人,用宽容的心去抚慰自己的男人,爱他身边的每一个人,两个人的结婚意味着两个大家庭的全然融合。

秋水哥哥总是背着妻子悄悄地和我聊天,令我万分不安,我把聊天记录发到网站中让大家谈谈看法,日记一发出去,便有人觉得秋水哥哥的行为是正常的,我的心情也就恢复了平静。

在现实中,人们用真名说着假话;在网络中,人们用假名说着真话。在我的心里,网络就是心灵的窗户,我渴望通过这扇心灵之窗把人们心底深处最真切的情感剖析出来……

精神出轨

经过一次又一次的聊天,秋水哥哥渐渐地在我的心底扎下了根儿。我常常思念他,有一回分明看到他的头像闪了闪,可他却没有和我说话。我很想哭,他得知后,对我说:"哥哥不是一个花言巧语、不负责任的男人，所以我不会忘记你的，更不会不爱你，请你相信我。妹妹，我们虽然不曾谋面，说的话也不算太多，但我们的心是相应的。我是个很认真的人，对感情更是如此。所以妹妹要相信，无论今后如何，我对你的情和信任都不会改变。"

我："哥，要是能见面，我要让你抱抱我。"

他："我对你的爱饱含着浓浓的尊敬。我想我会的，谢谢妹妹给我的爱。"

每一个文字都是心灵世界的反应，网络由于距离产生了一种独特的美让我沉醉其间。就在那段时间，我写了许多随笔，把自己的感情淋漓尽致地展现出来，吸引了一批网友，同时也有许多网友发给我优美的文章和动人的彩色图谱。我每每沉浸其中，享受着他人所感受不到的欣喜和快乐！

我们在不断地交流，感情也日复一日地加深。

盛夏时节，正是"日啖荔枝三百颗，不辞长作岭南人"的时节，福州盛产荔枝，你看，商贩们有的拖着一小辆板车，有的挑着两箩筐，荔枝的外壳又红又艳，还布满了一个个小刺般的凸起物，摸上去还真有些扎手呢。在一阵吆喝声后，我买了一些放在电脑旁，我小心翼翼地剥开那华丽的红装，荔枝的果肉被一层淡粉色的薄膜紧紧地包裹着，散发着诱人的香味。我迫不及待地把那层薄膜剥开，那一颗透明珍珠般不停往外溢着汁水的果肉在我眼前一览无遗。我把那果肉轻轻地放进嘴里，一咬下去，汁水满溢嘴，甜滋滋的味道渗进心底……

然而，荔枝的甘甜缘于新鲜，再好吃的荔枝如果放置的时间一长，不仅味道变酸变苦，而且还引起腹胀腹泻等胃肠反应……那样的荔枝还不如青橄榄，青橄榄虽然酸涩，但终究能健脾

理气，帮助消化，对人体有着许多的保健功效。

有一天，秋水对我说："我有个学生在福州，我如果去福州，我不敢去找你，我怕我会控制不住。"

当时我并不介意，可过两天我给他留言："哥，你昨晚说的话让我害怕，睡得很少，今天觉得很累，可又睡不了。我心里胡思乱想，我本来是最想见到你的，现在觉得还是不要见到的好，我很怕。"

秋水："哈哈，妹妹，你真的很单纯。我不会做你不愿做的事，这是我的人品所决定的，你就放心吧，哥哥不过是和你开个玩笑。因为我懂你的心，所以我非常爱你，你在我的心中就是一朵白莲花。"

爱是一种付出，爱是心底深处流动的一种幸福的情感，它不需要任何条件，只要一个男人知我懂我，不怀有不良动机，尊重我，我都会发自内心地爱他。我认为自己的东西是最好的，老公是我的情人也是我的最爱，女儿是最可爱的，弟弟是最好的，朋友是最真诚的，哥哥是最出色的。

新年的气息渐渐地越来越近了，空气中弥漫着爱的浪漫与温馨，情侣们都在安排送什么礼物给心上人，如梦如幻的树荫下两只小狗在寻欢作乐。月有情，星有爱，花有依托，叶有心思，一片涟漪的清辉下泛起粼粼波光，默默凝望中夜风悠然掠过心海，静静聆听心语微澜。某些不易被察觉的危机也会渐渐地潜藏于其中，有一种微妙得不为自己所知的情绪在我的身体中发酵，它可以使一小团面粉变成一大块馒头，它甚至于像空气一样，瞬息之间将一个花生米粒大小的气球吹成个大西瓜。

又是一个如常的夜晚，我正和一个离婚的男人聊天，秋水哥哥上线了，责备道："妹妹，不要理那个男人。"

　　我心想："我该怎么做是我的自由，你根本管不着我。"

　　但我没有反驳他，我还是礼貌地和他闲聊几句，我在迷糊中感受到他的醋意，感受到某种难以言传的快感……

　　没过多久，我便上床了。

　　……

　　我和秋水哥哥来到了武夷山上……

　　"妹妹，你瞧，那就是大王峰。"

　　我抬头一看，只见一巨峰迎面而来，雄浑奇伟，拔地擎天，状如袅娜升腾的蘑菇云，在朦胧云雾之中，倍觉苍劲，一阵清风从山顶上飒然而至，心中不觉升起一种庄严肃穆之感。

　　"那是玉女峰，在它们之间隔着一座铁板嶂。"秋水哥哥微微地叹了口气，无可奈何的样子令我心疼不已，玉女峰不仅婀娜多姿，而且神情飘逸。大王峰与玉女峰咫尺天涯，情意绵绵却无法相依相偎。

　　峰回路转，我不知是怎么穿行的，我们来到了狭窄、曲折、壁陡的一座大山脚下，"你知道吗？徐霞客曾来过这儿——其不临界溪而尽九曲之胜，此峰固应第一也。"

　　"我怕。"

　　"不用怕，哥哥背着你，你尽可放心。"他二话不说地背起了我，我担心摔下山涧，紧紧地趴在他的背上，也不知走了多远。我的眼前豁然开朗，山卷狂涛，溪流万转，飒爽的清风柔和地抚摸着我的面颊，我感到心跳加快，心扑扑地跳个不停，面颊红扑扑的，像喝醉了酒似的……

第五章

秋水

"妹妹,如果夜宿天游峰顶,在晨曦来临时,白茫茫的云海像大海的波涛,旋卷翻腾,待朝阳骤临,霞光绚烂,姹紫嫣红,万葩齐放,那真是人间仙境!"他把我放了下来,全神贯注地盯着我,像要把我融化……

恐惧、担忧和激动袭向我的周身,我渴望往回走,不知是迷路了还是秋水哥哥有意把我带进了另一个世界。峰回路转,只见一座又一座不同色彩的山峰演绎着各自的精彩,如剑如笏,朝天耸立,有的青苍,有的铜色斑斓,有的断壁残垣,有的危绝奇峭,有的肌层怒张,总之,每峭岩,每峻岭,都像由一个巨大艺术家,凭他敏捷的才智,挥动雕刀,铿锵劈刻,处处显得矫健、粗犷、苍劲、神奇……

在不知不觉中,我们竟被带到了九曲溪边,坐在亭子里静品着大红袍醇香的美味。秋水哥哥把我拥进怀中,我们俩已不仅仅在这溪边徘徊,我们的灵魂随着九曲溪,下崇溪,奔建溪,直泻闽江,飞临东海……

他伸出手来抚摸着我,我用力反抗,这反抗似乎挑起了他的欲望:"妹妹,我爱你!你是我的宝贝妹妹!我克制不住哇!妹妹!"

"不!你不能这样!"我吼叫着,我嘴里说着不行,可行动上却似乎半推半就,似乎有意往他的怀里钻!

我从噩梦中惊醒……

一种淡淡的愁苦像一滴墨水滴进了一盆清澈的水盆里,它渐渐地扩散开来,整个盆都污浊了……

秋水哥哥与我的恋爱会成为甘甜的荔枝吗?我们过保鲜期了吗?我们是否浸泡了保鲜的药水,抑或用了福尔马林?

如果可以，我愿意下跪……

᳁᳁᳁᳁᳁᳁᳁᳁᳁

　　我的店铺位于集贸市场的最西角，天还没亮，便听到唰唰唰的扫地声，还有各个小摊贩运货的嘈杂声，鱼儿在木桶中跳跃的扑通声，母鸡咯咯咯的惊叫声，随之而来的公鸡的喔喔声。我踏着阁楼的木板来到了一楼，打开电脑，我把昨晚隆辉说的"如果你理智、知趣，真的爱我，你应该好好珍惜。如果你不尊重我，那你就不配做我的哥哥。"发给了秋水哥哥，同时删除了他的QQ。他回复道："我感到很震惊，你的思想只是别人的反映，你的这种想法是你对我的侮辱。"

　　当我收到这短信时，痛苦笼罩了我的周身，他竟然知道那句话不是发自我的内心世界，他是多么的知我懂我爱我呀！他的指责敲击着我的心房……我不由地浑身颤抖，连帮病人打针的手都抖得厉害，像打摆子似的，我恳求秋水原谅我，我沉浸于难以描述的凄凉中，我不停地给他留言：

　　我爱你的全部，可如今只有这一张照片能让我亲一亲，可我不配，失去你，我失去了全部的欢乐！我不停地责备自己猪狗不如，失去你的那一刻，天塌了下来……如此一个出色的知我、懂我、爱我、疼我、呵护我的哥哥就这样永远失去了，你说的字字句句都像柔嫩的肌肤上放着的煤炭，正在那里熊熊燃烧……

留言很多很多，有一本书厚。

到了深夜，他同意了我的添加。

我：我错了，我求你原谅我。

他：你没有错。

我：那句话不是我的心里话，你知道我不会说那样的话，都怪我不敢和你说心里话，我做了一个梦，梦见和你睡在一起。

他：你做得对，你的朋友说得对，是我用性来诱惑你。

我：我求求你原谅我，你不原谅我，我就永远不能原谅我自己。难道要我登寻人启事？如果可以，我会跪下来求你的。

他：我们只是匆匆过客。

我：不是过客，你说过你爱我的一切，你说过我永远都是你的好妹妹。

他：是的，你永远是我的好妹妹。

我：你说过你是说到做到的人，你说过不管发生任何事情，你都爱我。你说过的话，我都记得，你都不记得了，我爱你的一切，可你不能爱我的一切。

他：我说到的事就会做到，我通过验证了，同意加你了，不过今晚我不会和一个如此陌生的人说话。

我永远也忘不了悠悠的漫长岁月中的那一夜，那是我痛心疾首的一夜，因为我的任性和孩气伤害了一个正直的有事业心的男人，不管理由多么充分都是不应该的，我不只是渴望他理解我，更重要的是我不能原谅我自己！是我对他产生的独占私欲才使我去侮辱他，他何错之有？我像祥林嫂似的不停地倾诉：

我很想扑到哥哥的怀里痛哭，你爱的是那朵真空中的荷花吗？如果你真的爱我，应该知道我就是一个俗世中的女人，我也会有肮脏和不洁。如果你爱我，你应该在乎我是否欢乐？我也没有真正地爱你，不然何以在不知所措之际，发给你那样伤透心的字句，我只渴望能成为你的无能的肮脏的妹妹，你说过永远不会离开我，你对我的爱永远不变！哥哥，我把你当作自己人，纵使一时使了性子，你也该原谅我呀，你说过你爱我的一切，任何事物都必须经得起考验，才能获得永恒，感情也是一样的，没有经过考验的感情就像温室里的花朵，娇美而柔弱，无法长久，你既然爱我的一切，我的任性、无理取闹怎么就不爱了呢？

我不敢奢望你能和我说话，我只想折磨自己，我好冷，一天到晚浑身都在哆嗦，我怎么可能不懂你呢？我在你的心中已经没有光彩了，后悔也是没有用的，失去哥哥，网络也就没有吸引力了。早有人说我天天上网勾引男人，可自己却不让别人说爱，你关心我，不允许我和那些不三不四的男人聊天，我误解了你，觉得你管得太多了，你的心在流血，我在你心里就是一个猪八戒，我猪狗不如、活该、自作自受，这辈子我失去了爱我疼我的好哥哥，我希望下辈子能成为他的好妹妹，不再伤他的心，不再让他痛苦，不再让他生气，我希望能像一个亲妹妹一样照顾他的生活起居，你打我、骂我、讽刺我、挖苦我，我都渴望，没有一丝一毫你的消息让我感到凄凉和寂寞。哥哥所说的字字句句都无法从我的心中除去，我的心在流血，这个错误使我本来就不好的心脏开始不规则地乱跳。这件事让我知道一个人遇到任何情况都要自己用心去解决，想靠别人出点子帮忙是不现实的，他人的想法只能是参考，决不能生搬硬套，解决任何事情只有靠自己用心去解决，也许走的路很艰难，纵使做错了也无怨无悔。

我和吕荣两地分居，他住在离我三百多公里的小县城，我没有告诉吕荣整个过程，我像一个人事不知的孩子问吕荣："我可

077

第五章
秋水

以把心里话说出来吗？"荣只是强调了句："只要你开心，照顾好你自己就行了，想说啥就说啥，没关系。"

"可大家都觉得不能把心里话都说出来呀……"

"不要理他们，只要你不离开我，我啥也不怕！"

那几天我不停地写了一封又一封的信发在博客上，全然是心灵深处的表白，我最渴望的便是秋水哥哥的出现。

又过了两天，秋水哥哥上线了……

他：你说得不对，你不是任性，你是把我的感情当作谈资予别人——那些不了解我，没有权利评论我的人——随意地评论。不是我在诱惑你，而是他们在误导你！我可以容忍你的任性，哪怕你的无理取闹，但不会容忍你和别人随意对我的人品加以妄评，甚至诋毁。我说过我爱你的清纯，我爱你的善良，我爱你的真诚，我爱你有上进心和同情心，但我不可能去爱你的或者说是别人教你的那些坏想法和对我的坏的猜测。（但别人对你坏的时候或者对你不怀好意的时，你却能原谅他。我想不通，你为什么对我这么刻薄呢？）

我：是我不对，哥哥，我以后再也不会这样了，你真的不能原谅我一次吗？我爱你！

他：我如果和你计较，我不会加你的。你爱不爱我是次要的，关键是你会说坏话了。你原来在我心中是一朵荷花，你知道吗？

我：是的，可我是一个爱你的坏女人。

他：你是好女人，你受到别人的不好的影响是你察觉不到的，但我能感觉到。

我：是吗？那个人就是你。

他：你不必这样，我很普通，不值得爱。

他：但愿我能对你有好的影响，谢谢妹妹。

那三天对我的人生影响非常的大，别的不说，单单头顶的那一撮白发便是最强有力的见证，唐荷是网络滋生的，一生的爱恨情仇也与网络息息相关。

　　又过了两天。

　　秋水：妹妹，我这几天可是忙坏了，连续三天都有同学来，我得花时间陪他们，所以我来得很少，今天上午我起得很早，因为要陪一个同学去看病，但我还是利用这个时间看了你的日记，没想到我的拒绝加你使你如此痛苦，我很内疚。我看了两个小时——你的日记，准确地说是努力深入你的思想。我……

　　秋水：妹妹，你也别太介意哥哥的粗暴了。对不起，因为我很爱你，因为我怕你不再清纯。你很单纯，但也很固执，我想做你的好哥哥。

　　这一次的波折为我带来了网缘哥哥、轻松妹妹、淡淡如水等出类拔萃的网友，他们的物欲都比较淡薄，都渴望有更高的精神追求，他们迷上了我的日记，都感受到了网络的精彩，他们认为我的日记在净化他们的心灵。有一回，其中一个网友发了一段他们之间的聊天记录给我："你好！我又在读她的日记，好多是以前的……读的次数越多，越感觉到她的人生如此美丽！那是因为她的爱心和自信心。谢谢你，让我认识了这样的女人，让自己对生活有更深地理解！在她不知的情况下，她已默默地影响了我的思想和生活！人要过得精彩，要有自己对人生更细更深的领悟！谢谢！祝你的生活更精彩！！现在我应该重新认识网络聊天了，要给别人的时候，首先自己要有一个博大的爱的胸怀。认识你，真的很高兴，也可以说来网络里的又一收获！"

在我与秋水哥哥产生摩擦的时候，许多网友都认为我疯了，他们觉得许多话都只能放在心里，不能表达出来，还说这样走下去，势必会影响家庭生活。随着我和秋水哥哥的情感的交融，好几个网友非常羡慕我的大胆，钦佩我的勇气，同时给予肯定和鼓励，而且又有一些文学爱好者的加入，他们为我带来了更多的滋养，我渐渐地登上了更高的台阶。

很多人建议我像作家那样写书，可我正是要用自己的风格走出一条全新的道路来，更渴望那些老师们能让孩子们尽情发挥，让他们在自己的日记本上写很多很多的流水账。比如当我写日记时，遇到"尴尬"这个词不会写，我查字典或者问朋友，把它写出来了，懂得了这个词，这便是知识的点滴积累，一个小学生重在积累知识而不是把他们培养成文学大师，兴趣是最好的老师，只有先培养兴趣，才能让孩子们爱上。西方有一句谚语：自言自语是最好的文学。

由于我从小叛逆，常常听到大人们说："女孩子比较笨，语文学得很好，数学学不来。"我渴望成为一个聪明的孩子，于是，我的数学总是遥遥领先，甚至于常常得满分，而语文却差得一塌糊涂，直到三十多岁，我才开始走这条文学之路。当时许多学生讥笑我，觉得我是异想天开，我想："也许十篇、一百篇日记说明不了问题，但如果我天天不断努力，一万篇日记呢？我坚信量变必将引起质变！"我渴望大家都能在自己的日记本上写很多很多的流水账，这样大家便会对文学产生极大的兴趣，文学才能走出一条百花齐放、百家争鸣的新路来。网友们从我的网络历程中感受到了我的真挚与可爱，其中有几个网友很自然地称我为天使，我也有一种被捧得高高在上的感觉，为自己的收获欣喜不已！

爱情的波折

今天一早，我收到秋水哥哥发来的留言：

妹妹，早上好，看了你的留言，我很感动。事实上，你的每一句留言都能让我感动，因为这是发自内心的思念和深沉的爱，谢谢妹妹！这个星期和下个星期都在监考，所以我没有时间或者说很少有时间来看你，还请妹妹能够谅解。事实上，虽然我不能来和你说话，但我的心一刻也没停过对你的思念，每天我都在心里和你说话，诉说着我对你的爱，诉说着我对荣的敬意，也诉说着我的内疚，因为我也给你带来了很多的……

今天外出办事，雨下得很大，我把电动车停在路口，回来时，到处是湿漉漉的，根本没办法坐。我问了那个寄车处的小妹："请问你有布吗？"她一声不吭地拿了一块布递给我，我一手接过，把座垫擦拭干净，当我对她说谢谢时，她的脸笑得很灿烂，这笑意让我想到了秋雨：爱这场雨吧，雨天可以把我的感动悄悄为你捎去，观察雨的样子也是一种享受。

美，即在若隐若现之间。

就如同你也像这场雨，缠缠绵绵不断。

心总是热的，雨总是美的，乐观总是对的。

淋着雨也会笑着感受，世界才是美好的。

即使未曾见面也能成为无话不谈的朋友。

快乐在你我心间。

　　那些日子里，幸福与快乐时时在我心田，我总是不经意地写出这样的日记，爱无时无刻滋养着我的心田！我时常看书，觉得与自己相关的，便弄上几句化为己有，让我的日记也有些风韵！我和秋水哥哥的相爱完全是我放纵自己，我渴望能把内心世界中最能反映人性的东西写出来。以前我写的东西大家都认为是天马行空，觉得和他们的距离很遥远，如今有人开始认可，觉得我写出了人的心灵深处的真情实感，这对于我来说就是最大的鼓励。

　　我知道这世界给了我浓浓的深爱，让我深深地迷恋着一草一木，我的目标不只是停留在几个网友的深爱中。我想做的事很多很多，我将把这深爱留在这个生我养我的世界上。

　　我的爱早已超出了男女之间的爱，我会珍惜生命中带给我的一切，所有的一切都将转化为我渴求知识的动力，让我勇于探索，勇往直前，让我在爱的海洋中尽情地遨游。

　　在爱的旋涡中沉醉并非都是幸福的，有一天，我给秋水哥哥留言：我很痛苦，哥哥，我的心里藏不住一丝一毫的心思，才能让我保持那种自由自在和清纯。自从哥哥感到内疚之后，我的平静便被破坏了。我很爱你，很害怕且胡思乱想，不知所措，这几天，我无法享受生活，我一直用坚强的自我在尽心尽力，我常常想象两个人有一天会见面……我很怕很怕，我是全世界最贪婪的人，我很肮脏，很龌龊，哥哥，救救我！哥哥，你一定要好好保护我，我需要你的呵护。

他：妹妹，我刚回来，但2:15就得走，所以匆匆地和你说几句吧。妹妹，看了你的留言，我平静的心更加不能平静了，我为给妹妹带来的不安感到内疚，甚至说是一种罪恶的感觉。妹妹，你没有伤害哥哥，你没有做对不起哥哥的事情，你在我的心里还是那么的纯洁，还是那么的美丽，还是那么的温柔，还是那么的善良。在我的心里，你就是那美丽的荷花，清香而迷人，让人尊敬。

你温柔善良，贤淑而有才华，是我心中最美丽的好妹妹，我会用我最真的情、最深的爱呵护着你，保护着你。请妹妹不要胡思乱想了。你放心，无论时间怎么变化，它都不会淡化我对你那深深的情，痴痴的爱，我会永远爱你的！

好了，妹妹，时间到了，我得走了。再见，亲爱的妹妹。

看到这几句留言，我很高兴，红颜知己，谁说男女之间没有纯洁的爱情？哥哥和我的爱就是一种幸福的真爱，我们为相识相爱而心中充满着快乐和幸福！

恋爱是一种病，有它那一套独特的魂牵梦萦的思绪。瞧瞧，那个为情所困的可怜人儿吧：一会儿躺在沙发上，除了偶尔从绝望的深渊中长叹一声外，几乎连呼吸都停了；一会儿又快步激动地走来走去，面色一阵苍白，一阵通红。他给刺扎了吗？

是什么把他蜇得这么厉害？

啊，爱神，你这淘气孩子，你把人捉弄得那么惨！

你看，那个忧愁的人倚着墙壁，压抑着急剧的心跳，只要一想到情人的一点倩影———就立刻眉飞色舞，痴迷若狂。可是，且慢！他忽然想起了对方轻微的藐视，马上又满面愁容，涨得通红，现出一条条皱纹。凡此种种就是爱情的乐趣吗？

第五章
秋水

我认为上面说的是稚嫩的爱情，它像一束火焰，漂亮、炽热、强烈，但又是柔弱的、闪烁的。我和哥哥的爱是成熟和冷静的心灵里产生出来的爱，它就像煤，通体蕴藏着经久不息的灼热，我们快乐地享受着人生的真谛，为相识相知相爱而愉悦，只想为对方付出的爱才是真爱，我们懂得爱的真正含义！！！

每一个新网友都会带来新奇，应该说刚刚相识的时候由于了解得不够深，会有一些波折，也会有一段时间的不平静，自然也就存在着思念和痛苦，眼泪和欢笑。慢慢地经过深入地了解和接触，两个人心心相通之后，感受到一种难能可贵的真情，也就有了更为平静的生活，时时感受着幸福和快乐！患难不是永恒，像快乐消逝那样，患难也会消灭。假如生活欺骗了你，不要忧郁，也不要愤慨，不顺心的时候暂且容忍，相信吧，快乐的日子就会到来。

大家都不理解爱，很多人把爱理解为占有，那是对爱的玷污。爱是神圣的；爱是奉献，不求回报；爱是分享，不会减值，只会增值。正如黑格尔所说的：一个火炬点燃了别的火炬，并不失掉光明，人付出爱，也就被爱，爱使人合一，不是分裂。大至治国安邦，小到谈情觅偶，都是求合，不是求分，分比合易，合要两相情愿，分只需一相情愿。说得容易做起来就难，所以每时每刻都是很重要的，记住：这世上没有什么大不了的事，你既然连死都不怕了，还想什么呢？动手吧，拿起扫把扫一下地板比坐在那儿生闷气强一百倍。

过了半个月，我收到了秋水哥哥寄来的《古文观止》和《人生之经典散文》，他签上了大名，当时，我诚惶诚恐，因为我与他的网恋是背着他的妻子的，我很担心他的秘密被人知道，我悄悄地刮掉他的名字，但他的电话号码永远烙印在我的心田。

我最喜欢其中的《蛾眉》，我总是反反复复地品读着这篇文章，让自己陶醉于其中。我很少见到秋水哥哥，只是在屏前见到他寥寥数语的留言，我感受到他的字句叩击着我的心扉。我简直把他的字句当作圣经来读了，在网上我能感受到无法描述的快乐，在付出中让自己的情感不断地升华！我总是反反复复品味着聊天记录，不停地从中汲取滋养！

荣尽管与我相距三百多公里，但每隔一个多月都会抽空赶到我的身边，一家人欢聚在一起，其乐融融！

妈妈皱着眉头，担忧地叹道："爱洁成天和网友聊天，哪像个医生？我都不让她和网友接触。"

荣温情地望着我："开心就好！想怎么聊都行！"

爸爸惊讶地望着我："你是我女儿吗？怎么越长越小啦？吕荣真好，什么都随你的心意！"

当爸爸得知秋水是大学英语老师，并且与我有精神相恋时，叮嘱道："你们不要只聊感情上的话语，尽量和他用英语聊天，一起进步！"

我随后便进入了韦博英语学校……

秋水哥哥常常上网看我的日记。有一天，他对我说："妹妹，你才是那爱的使者、幸福的精灵和美的化身，你让人们真正地感受到了人间的真爱和那无私的爱的甘甜，也让人们看到了什么是美。西方神话里的美神和爱神又算得了什么呢？她们根本无法和妹妹相比！

妹妹，你的文字进步得很快，哥哥很为你感到骄傲。你在文学上面的努力，一定会有很丰厚的回报。你的写作水平简直就是突飞猛进，这就是你孜孜不倦的成果，我衷心地祝贺你！我对女人的看法就是：美不在外表，而在内心。智慧的女人永远是最迷人最美的！你的美，你的爱，净化着人们的心灵！

亲爱的妹妹，你好。打开电脑，映入眼帘的就是你对哥哥的关心和热爱。谢谢你，亲爱的妹妹。

开学了，所以我的工作特别的忙，上网的时间少之又少。但每次打开电脑，总能看到你的头像在那里闪烁，我就仿佛看见了你的微笑，听到了你对我的款款细语，我就非常激动。但很快我的内疚也涌上了心头，我心里一直惦记着你，但没有时间，所以我的心里也很受煎熬，对不起，我亲爱的妹妹！看到你的留言，我被震撼了，我的声音也是哽咽的。对不起妹妹，哥哥不能好好疼爱你是我的错！"

秋水哥哥的留言让我的心久久不能平静，全身都有点儿轻微的颤抖，上帝的确太厚爱我了，用任何语言都无法诉说这激动，它荡漾在我的心间，我这么一个平凡稍稍有点儿发胖的臃肿并且满脸都是坑坑洼洼、疤痕累累的女人让如此多的男人牵挂着，为爱而付出的理念已经在人世间扎下了深根。在我独自的探索中，事实上，每一个上网的人或多或少地都有接触到让自己倾心的异性，也就是每一个人都可能像我一样有一个和自己一起老去相伴的爱人，同时又拥有在网上和自己心心相印的异性，这是人性正常的心态，这没有错，更不必去指责它。那些把网恋当作是网络的错误而抨击的人根本就是人云亦云，只有真正爱生活的男男女女，真正明白爱的真谛的人才能把爱播撒给他人。

第六章

越　王

智慧的人是最美的

东风解冻，蛰虫始振，鱼陟负冰，此为立春三候。春天来了，到处都充满着春的呼唤。我漫步在三坊七巷中，只见皎皎的水仙花悄然吐蕊，一棵棵树木绿意葱茏，我深知此时此刻家乡的耕牛扬蹄犁开泥土，迎春花正在花枝招展地显示自己的娇艳，然而它们都无法与眼前的花灯相提并论，造型各异、五光十色的花灯把榕城的夜晚装点得分外美丽，八仙过海中的个个都各显神通……

我的文学春天也吐露出春的花骨朵儿，我加了一个网友越王。他的个人说明："当我再次渴望相拥死神时，神曰：你尘缘虽了，网缘未尽，去，了断网缘再来。我曰：缘在何处？神曰：天机不可泄也！于是我来到茫茫网海……"

我：网缘未尽，情缘？看来你也是一个重情重义之人。

他：谢你加我，不胜感激！祝你新年全家康乐，祝你佳作不断出新！你是个重情谊且细致入微的善良女性，你那篇娘与老婆落水救谁的日记，把几个古人诠释得入木三分呀，敬佩。

我：不是我的话，是从过目不忘的秋枫转载来的。过去的文章都说女人来这个世上是贡献美的。

他：我可是来献丑的，与人比较，我是又老又没才华，又笨又丑的。你每天写那么多累吗？

我：不累，最近写得少了，我这算不上作品，只是长舌妇的唠叨。

他：这样的长舌妇可是我最欣赏的，在我眼中你是一位才华卓越的奇女子呀！

我：谢谢，我这个人爱聊天，是禾雨的网页让我明白我完全可以用自己的话把我的一切写下来，所以就迷上了它。

他：我没理由来骗你，我看到了禾雨的网页，让你人生文学闪亮登场的网页定是出色的。

我：我写的是流水账，不好意思，我会用心做一个好学生的。

他：如果你是个学生，那我就是牙牙学语的孩子。

我：一个人只有一生一世想做一个学生，他就会永远快乐，永远不会满足，也不会太平庸，你说呢？

他：尽管我比你大那么多，可有志不在年高，无志空活百岁呀，你说得十分对。

我：你也就五十岁呀，卖什么老？

他：不是卖老，而是直陈实情，可我自视童心未泯，常发少年狂啊。

我：是啊，不然怎么会喜欢和我交朋友呢？

他：理解万岁！让一颗不老的心在网络上跳动。哈，我是不是狂了一点？你觉得我轻浮吗？

我：我怎么可能那样想呢？我和禾雨、秋水都是在网上一见钟情啊！像禾雨说的：其实我们都是一个热情的人，热爱生活的人！

他：你的话语真是有智慧！

我：网络打碎了过去所有的陈旧观念，新一代的人将会有全

新的生活理念。

他：才智与机敏有加的你真是大自然千年的结晶啊！

我：我会被你们这些男人宠坏的。

他：你能从平凡的阅历中感悟出如此厚重的理念，是个不凡的事实。有个哲人说：培养一个贵族要几代人的努力。你却成就了贵族那高贵优雅的品质，真是个奇迹！

我：我可不是贵族，我是个实实在在的女人，一个在外人眼里的傻女人，荣的爱造就了我，网络让我找到了别人无法体会的快乐。

他：爱情，是神圣而又无所不能，我深知。

我：是他让我爱网络上的男人，是他对我的真爱造就了我的一生。

接着我们视频了，其实所谓的视频，都是这些男人看我，东风、禾雨和秋水刚认识我时都是我有视频，他们没有，这个网友也是这样。

他：看见了，一脸的纯真，一边听禾雨网页上的曲子，一边欣赏你，曲子美，智慧女更美。

尽管我和他相识不久，这种被牵挂的幸福不时从心头涌起，去年禾雨的网页受到中端的破坏已存留不多，它是我人生的一大磨难。我迷恋的网页面目全非了，尽管有很多的书供我选择，可那让我心跳加快，让我时时牵挂的网页却永远不能再和我相逢了。

这个新网友是来和我尽情缘的吗？瞧我多可爱，又开始自作多情了，哈哈！

代沟使我们只能隔岸相望

次日。

他：今天你的日记，多半是我们的聊天记录。其实，你的日记深深吸引我的是那细致入微的自我及亲人们心理解剖，那朴实无华而又真真切切的解剖过程中所散发出的人性美情真意切地深深感染了我！你娓娓叙述的平凡故事，仿佛我也置身在其中，不仅能欣赏到你至善至美的思想品格，还……

他：我要反复把你日记读几遍，再来与你聊！我是粗人，思想浅，文学涵养低，但不妨碍我向你学习的热情！

我：被你欣赏是我的荣幸，说真的，我也是刚刚开始对文学感兴趣，前面的路很漫长，我不知该怎么走，我也是一个很平凡的女人，只是我一生很多的磨难，对于我来说都是致命的，也就是我死过几回了，倒是痛悟了人生，因祸得福了。

他：我最欣赏的就是你那句：智慧女人最美丽！我们都说你是天才呢，是你的日记震撼了我的灵魂，我要向所有的朋友推荐你的日记，我与那网友都想戒聊了。

我：我不明白。

他：不是简单的戒聊，而是戒去无聊的聊天。上个层次，与像你一样高尚的心灵聊，我认为你是天使。我在想，我为什么会

被你的日记迷住呢？我在寻找答案。也许，在我潜意识中，有追求真善美的强烈意愿，只是平日里缺出路，是你的日记震撼了那沉睡的潜意识，忽然间我像黑夜里见到了一烛光。

我：你的想法应该说是你的心灵写照，其实追求真善美以外，每一个人更渴望的是怎么能快乐地过日子，以前总是过分强调伟人，只有人人都能用心去爱生活，才能找到自己的位置，伟人也是从平凡中走出来的。

他：我想反复看几遍你的日记，细细地去感悟你心灵的真谛。你给打开了一扇天窗，让美丽的阳光沐浴着我，真有一种以前白活了那么多年的感觉。

我：认识你是我人生的一大收获。你是我的网友中年龄最大的吧，他们和我的岁数上下都不差三岁，所以我一直觉得年龄大的、小的和我可能都有代沟。

他：你是说代沟使我们只能隔岸相望？

他：也许你说对了，加你可能是个美丽的误会。

他：我会很珍惜这异样光彩的邂逅。

他：就像一段迷幻的小插曲，曲终人散，好吗？

他：祝你一路走好！

当时有个病人来包扎，我始终忙碌着。等我回到电脑前时，我看到他的话全身冰冷，我没有想到他是这样理解的，其实我的意思是他的出现让我惊喜，让我感到不管多少岁的人都会有追求真爱的愿望，也就是他的出现给我带来了一片生机。这种喜悦会让我更用心做我想做的事，也让我明白爱是没有年龄界限的，爱没有国界，爱可以飞越，爱可以让全世界的人感动，全世界的人都在不断地寻求真爱，而我如诗的一生不正是人们渴望的吗？如果我能把我的一生写好，不是几个网友在爱我，而是会引起全世界的人性的飞越。我的心里话很多，可我无法表达出来，我只知道他爱上我的日记，他觉得我是个天使，我对他几乎一无所知，我只知道他是四川省宜宾市屏山县人。福州也有屏山，屏山又称越山或者越王山，我喜欢他，悄悄地在心里呼他越王，自己在心底是否把自己安在嫔妃的位子上？我对他的名字、年龄、家庭、工作一无所知，只知道那儿有一台电脑，仅此而已，我竟如此的在乎他，我全身都在发抖，为什么？

我：我说错了，我从没有觉得有代沟，你误解了我的意思。

我不断地发信息向他解释，请求他的原谅。

他：那也算一个美丽的误会，你不是说物以类聚吗？也许我的确不属于你那一类人，所以，相处只能很累，只能仰望你，像世人仰望天使一样才对！

我：你错了，我这么说你了吗？你知道这两天我一直在做什么吗？

他：我是真心感悟，不怪你。

我：因为《爱，是不能忘记的》是你送给我的，我爱它，我把它抄下来，因为你和我的心是相通的，我没有抄完，我想抄好再和你说。

他：复制不就可以啦？

我：好东西不能全是我的，我不敢渴求你，可我真的很喜欢你，甚至想对你说我很爱你。

他：爱我？不知哪点可爱？我都无地自容了。

我：爱本身又没有错，爱不是占有，是心里的快乐的一种感受。

他：我是不轻言爱与承诺的，因为那是一种责任，我怕承受不了那沉甸甸的爱。也许，我们对爱的诠释不尽相同，我含有更

多世俗的观念。

我：那是你的理解，我可以爱任何人，算了，不说这了，我又哭了。

他：我有事了，要出去一会儿。

自从越王发给我《爱，是不能忘记的》，我便一直在抄它，每每有人在这儿挂瓶，我便没上网，可坐在桌前不会看书，我常常把好文章读给他们听，有人对我说他没这方面的兴趣，我并不介意。我深知记忆中有一种叫作潜沉，此时对他没有用，可当他走了一段曲折的路后，也许这些话又让他豁然开朗了。

又过了一天，我收到了越王发来的信息。

我：我以为你不理我了，心里乱极了。

他：怎么会呢？我在内心早就把你当作好妹妹了，相逢是首歌呀。

我：谢谢哥哥，百合说我有点自私，我也知道，我得到太多了，可怎么总是不满足呢？

他：听话，今天你早点睡，你不开心我会很不开心的，在哥面前，你要听话，好吗？

我：好的，我就去睡。

他：再见。

下线后，我便上了床，我的脑海中只装了一句"在哥面前，你要听话"，很快便睡着了……

厚积薄发

又过了两天。

越王：妹，你本就应该开心，你一开心我也开心了，白天少上网，尽量做好店铺的工作，祝你一切顺心！我一口气读完了你的信，你那深入浅出的道理令我耳目一新，谢谢妹妹，我会仔细去领悟的，现在这网页很感人，可要开音响边看边听呀。

（我根本没装音响，上班的地方也不适合安装音响，我怎么可能开音响呢？但我没有和他说。）

我：可能是我当医生，我怎么看了不感动？其实对于死，我总是不像别人那样会动情，我觉得我这个人有时心也很狠。

他：那一段段老伴间的殷殷情深不感人肺腑吗？

我：我真的没觉得那么感人，你生气吗？

他：你不是心狠，而是你注重生存时的关注。

我：我是一个医生，天天看到死人。我觉得人为什么不好好活？总想好好死，我妈就是天天想买坟墓，想怎么死，活着就天天叫没意思，想自杀。

他：人的觉悟是有高低的，你妈也是对的，什么时代造就什么人。

我：所有迷信的东西，我都反感。

他：可有时迷信也给多少绝望的人带去了多少临终时的慰藉。

我：她的念叨有时让我痛苦极了。

他：你是你妈生命的延续，你是站在你妈的肩膀上的，当然你比你妈觉悟要高些，多理解你妈的苦衷才是。

我：可她天天唠叨，我们有那么多事忙，好好的心情都会被她搞得一塌糊涂。

他：你妈也是善良，别过多地计较，好吗？

我：曾有人对我说："你感悟了半天，却不能改变你妈。"我说："我不可能改变她，可我能让下一代的人过得更好一点。"

他：是的，人类的进化是个漫长的过程，别操之过急。

我：外婆在世的时候，我并不太关心她，在我生女儿那一段日子里，总是在梦里见到她。

他：那是你童年感受到你外婆太多的关爱！你外婆是一个中国典型的善良女性，我们周围都有。

我：在医院中老人死了是不可怕的，最可怕的是年轻人、孩子死了。我实习时，有个十四岁的孩子死了，父母都是独子，而且又不能再生了，那才真惨。

他：所以，红尘中的历程是个苦难凄美的过程……

我：其实我所有的理念是荣给我的，我以前一直觉得我和别的女孩子不一样，很痛苦，可又改不了。

他：你要修炼些平和心态来面对众多事情，对吗？

我：你说的话我懂，多一岁就是多一年的结晶，你说出来的话，我从未曾听过。

他：荣与你结合，是你三生有幸呵。

我：也是他三生有幸，他很快乐。

他：是的，快乐是相互辉映的。

我：秋水哥哥觉得就是他也做不到让妻子和别人在网上谈情说爱。

他：而荣做到了，我十分敬佩他。

我：我以前日记上写的现在觉得太差了。

他：是的，进步是一个渐进的过程，你会很棒的。

我：我就觉得很想说话，没说出来，觉也睡不着，饭也吃得没味，以前老师天天指责我，我就是产生不了学语文的动力。

他：所以，大器往往晚成，灵感是长期积累，偶尔发之呀！

我：你的工作是不是和文学有关，我觉得你说出的话句句都很精彩。

他：文学是再现典型环境中的典型人物来描述人生真谛的，是吗？所以，生活积累太重要了。

我：所以没有白活这个字眼，没有前面的白活，哪有后来的闪光？

他：以平和心态去观察现实，包括你妈的一切，那你就成功了一半，我这样以为的。我想跟你提个意见，好吗？

我：好的。

他：你要理智与感情协调起来，文学不仅要汹涌澎湃的激情，也要十分理性来阐明真理。

我：你说得对。

他：所谓传世不衰的经典之作，一定有能穿越时空的真理在横贯作品首尾。

他：所以，你要修炼心态，达到面对文学时感情澎湃而面对现实时十分理性。也就是浪漫主义与现实主义结合起来，你可从你妈的言行入手，以平和冷静的心态去揣摩她，因为她毕竟是她

那个时代妇女形象的缩影啊。她的思想轨迹也是有一定时代的烙印，对吗？

我：我想过，可写不出来，像《红楼梦》那样，把撕扇都写活了。

他：要透过现象看本质，思想的痕迹也是时代的痕迹，提炼时代的痕迹去挖掘这个时代与其他时代不同特点，具体的人性美不就跃然而出吗？

我：我觉得那样去想就感到力不从心了。

他：别急着写出多少作品，要在意自己掌握了多少生活细节，以后你与病人接触时，不仅仅是你念好文章给他们听，还要常常仔细观察他们的言行细微之处，进入他们的心灵，站在他们的角度来思考问题，就像你母亲的言行，不仅要知其然，还要知其所以然，对吗？

我：我懂了。

他：也许，你进入了你母亲的心灵深处，你会为你母亲的言行而感动，当你与母亲溶为精神一体时，你会用自己的生花之笔栩栩如生地描绘出你母亲的所有细节来。所以，我以为作家在写某个人物时，定是进入了角色的心坎。进入了心坎才会自然地流露出他的言行来，你说对吗？妹妹。

我：你说得太有道理了，你可能就是作家，你说的话让我豁然开朗。

他：所以，从你妈入手，专门研究她的一切，是什么原因驱使她做什么，说什么。人有时真话假说，有时假话真说，正话反说，反话正说，都是有道理的！妹妹，你误会了，我真是粗人，是你赋予我灵感哪！

我：其实我一直想写一些东西，可又担心写了会影响生活呀。

他：不一定要写，关键是进入她的心灵，人生来心灵是一张白纸，画上什么样的画都是很多种因素促成的，这幅画要画一生呀！

我：你们这些男人真的很可爱，禾雨说："不要总是认为我是男人是女人嘛？呵呵，就当我是一个无性别的朋友。"秋说他是俗人，你说自己是粗人，我觉得男人来世上是为我们女人贡献美的。

他：我有个建议，好吗？

我：好。

他：那就是你别急着去写什么，你就以母亲为例，当你进入母亲的心灵后，只挑那让你感动得泪流满面的情节写出来，你母亲的形象就塑造得活灵活现了，好吗？

我：我怕我会闷出病来。

他：不是要写所有的一切，而是要再现典型环境中的典型人物来烘托出主题：母亲的伟大奉献精神，就像你外婆的伟大一样，伟大的形象是靠主人公点点滴滴的言行来烘托出来的。

他：也许，主人公的言语是平淡的，可细微的动作、表情神态的出神入化的描述却使主人公令读者心灵震撼。

他：你的日记中有很多这方面成功的例子。

我：我试试吧，我听你的话。

他：所以，你一定要有信心，你会成功的，就像十月怀胎的婴儿呱呱落地，你将来一定会出好作品！但一定要清醒认识到，你就像娘肚里的孩子，多吸收母亲的营养，才会长好。

我的妈妈

　　世上写母亲的作品实在是多如牛毛，母亲是世界上最伟大最无私的。可我从小把爸爸当作偶像，稍大一些便跟着外婆生活，长大后荣给了我他人所无法给予的呵护和疼爱！尽管大家都说没有我的妈妈就没有我这个家，大家都说我有一个不可多得的好母亲，用爸爸的话来说："她这一辈子很不值得，我也很可怜，从没有体会过丝毫的温暖。"

　　"你妈妈打我骂我就是对我的爱，和她在一起就是啰唆，她做得太辛苦了，她要把心中的火发泄出来，她不对我啰唆又对谁啰唆呢？哪一天不啰唆了，她也就不爱我了。"

　　"一天到晚就是离婚，这么老的人了，张口闭口就是离了，她马上再找一个，也不觉得丢人。"

　　"她动不动就是网络里有很多男人约我，我只要一答应，人家就会找我，也不想想她用的是浪漫的网名玉花，人家以为她如花似玉，谁要是看到她是个走不动的老太婆，谁还找她约会？"

　　在我儿时的记忆中，妈妈没有一丝一毫的温柔。她从早到晚就是上班，回到家倒头就睡，爸爸是一个老师，养猪、种菜及所有的家务都是爸爸做，爸爸很慈祥，很爱我，有一回家里有两个苹果，哥哥挑大的，被爸爸狠狠地打了："只有一个妹妹都不懂得疼爱。"在我的心中，爸爸是我的偶像，爸爸有点儿虚荣，可我觉得一个男人要成就一番事业当然得有点虚荣，女人应该为成就男人的事业牺牲一些，这种牺牲是很值得的。我的妈妈没有一丝一毫的可人之处，她的眼里、心里、嘴里全是钱，我不明白爸爸那么出色的男人怎么会娶这样俗不可耐的女人做妻子，我觉得爸爸很不幸。妈妈时常问我："如果我和你爸爸离婚，你要跟谁？"我没有回答，心里感觉很异样，似乎他们真的会离婚，那我在同学们面前如何抬得起头来？有一回爸爸指责她："你和一个孩子说这些，知道在她的心里会造成什么样的影响吗？"妈妈从此便不再说了。爸爸在我的心中形象一天一天地丰满了，有一回妈妈因钱和爸爸吵了起来，我毫不犹豫地脱口而出："我长大了，也要找一个像爸爸一样的男人。"

在小学毕业放暑假的时候，我和哥哥便回到父母亲的身边。三年没回家了，一下车便看到一排整洁的砖房。爸爸妈妈说陈叔叔请我们吃晚饭，我看到电视机和崭新的家具，家的感觉真好，不像外婆家连个读书的桌子都没有，外婆要在那张四方桌上糊纸袋，偶尔没用时才能供我们四个孩子做作业，那时，我们常常借邻居的桌子做作业或者是倒下椅子，一张当作桌子，一张当作凳子，整个人趴着做作业。那天，吃过晚餐，当我走进自己家时，才知道爸爸妈妈住的是破破烂烂的泥房子，陈旧的家具，连香皂盒都像是从垃圾堆里捡来的，让我感到很失落，爸爸崇高的形象轰然倒塌，我不明白爸爸妈妈怎么这么无能？他们单位的人怎么个个过得那么滋润？

不知是哥哥从小就孤僻还是爸爸妈妈宠爱造成的，他们在学校寻了一间房子给他住，我每餐煮好饭菜，再去叫他回家吃饭，妈妈依旧忙于上班，爸爸时常给孩子们补课，到菜地采菜、煮饭、喂猪、采茉莉花、洗衣服，所有的家务活都是我一个人做，哥哥只管吃饭和读书，我每天空闲时间也安排自己读一些书，日子过得很充实，由于长期在外婆身边，回到家，父母买给我们兄妹俩吃的东西也挺多的，日子过得挺舒服，我天天都会吃一两个苹果，哥哥没住在家里，我记着削了皮，拿给他吃，他就吃。我忘了给他，他也从不去拿。有一天晚上，我半夜醒来，听到爸爸妈妈聊天，爸爸在诉说我很懂事，很能干。妈妈却说我比较贪吃，我的心里就很不平衡，哥哥只管读书，所有的事情都是我做，妈妈为什么这么偏心？她简直就是一个不可理喻的妈妈，为什么书本上写的妈妈都那么好？我同时感到自己尽管有一个疼爱我的父亲，可我也很不幸，我从来没有得到过一丝一毫的母爱。她的眼里只有哥哥和钱，我吃了东西让她花了钱，她心疼钱了。

那一段时间妈妈从报纸上感受到知识的重要，决定送哥哥去福州读书，不让我去，我执意要跟着哥哥，爸爸说："就让他们一起去吧。"我才有机会到福州读书。

有一天，她对我说："你晚上四点钟去采茉莉花，差不多五点送进去给我。"

"你叫哥哥去采。"

"天气很热。"

"他去采怎么就热了，我采就不热吗？"

哥哥哪里是干活，简直是赌气，中午十二点就去采，那时的花不白，而且太阳很晒人。他简直是折磨自己，也折磨我。我提心吊胆地担心着他随时可能中暑，如此两天，我只好自己一个人去采，这件事就这么过去了。从那时起，我再也没和哥哥较过劲，因为打小我就一直深爱着哥哥，我尽可能地挨着他，住在外婆家，我渴望和他睡在一张床上。但他不肯，用尽心机把我撵下床去，斗了一夜，我终究是屈服了。

有一天，爸爸对妈妈说："邻居走的时候卖给我们那头猪，养了这五个月一点儿也没大，是头僵猪，再养下去也是白白花了钱，索性杀了。"妈妈便叫爸爸去请人来杀，爸爸说："这猪太小了，请人要花二十元钱，一头猪还卖不到一百元，我自己杀算了。""自己会杀吗？""我看到他人杀猪，没什么，只是抓好，刀从那儿进去就是了。"于是他们烧开水，开始动手，在爸爸放刀时，我感到很有意思，在一旁看得很起劲。那头猪流了很多血，爸爸过了一会儿便松了手，那猪便站了起来，朝着我走过来。我吓坏了，急忙跑。可那猪像是通了灵气，我往哪儿走，它就跟到哪儿。爸爸妈妈叫我拦住，我跑得更欢了。那猪跟在我的身后哼哼地叫着，一摇一晃的样子至今仍在我的眼前浮现。至于后来怎么抓住，怎么处理，我都不记得了。猪杀完后，就要拿到街上去卖，爸爸叫我去，爸爸觉得他是一个老师，这猪实在太小了，让他没体面，他不肯去。我见他那吞吞吐吐的神情，我也不肯去。妈妈和爸爸说了好半天，没有人去，妈妈只好自己一个人去卖猪肉。到了傍晚，有个阿姨来到我家，对爸爸说："老张，你也去买一台电视机。"

"我现在有两台收音机。"当时我没反应过来，家里明明只有一台收音机，爸爸怎么说两台呢？后来我才明白他指的是我和哥哥。那时的我并不懂得我和哥哥就是他们的全部，就是他们一生所有的骄傲，其他人把孩子放在身边，学费便宜，时时叫孩子上山采茶挣一些钱贴补家用，所以他们个个比我们富有得多，而爸爸妈妈每一个月要先寄一个人的工资到福州养我和哥哥。我们的学费、衣服等费用，他们要另外安排，用妈妈的话就是："工资发到手全安排了，然后两个人的吃用就是菜地的青菜和借钱过日子。等工资发下来后，便是还债，过些天再借钱……"

正在这时，妈妈拖着疲惫的身躯提着沉甸甸的桶回来了。肉没有卖完，剩了不少，她一言不发，径直走进屋子里。那个阿姨问："你今天杀猪了呀？剩这么多肉。"爸爸感受到妈妈不高兴，边回答边进去叫妈妈。接着我便听到了妈妈的哭泣声，那个阿姨也进去劝说，原来，如果那时我和爸爸有一个能陪妈妈出去，那肉就卖完了，因为有个人家里急用，可市场上没有肉，那人便坐车去县城买。就迟这么五分钟，剩下了那么多的肉，妈妈不仅指责爸爸也同时指责我。爸爸总是赔笑："我这老公有什么不好，女儿都说长大要嫁一个像我这样的老公。""爱洁也不听话，叫她去，她也不去。""这样的女儿很可爱了，她从没向我们要求吃过一碗扁食，一根冰棍，所有的事情都尽可能去做，又没有要求，你还有什么不满足？"在我的心里，爸爸永远都是那么的通情达理，妈妈的眼里怎么只装着钱呢？

有一回，在外婆家，表弟说了一句话，我便指出他的不对，他和我争执了起来，其实都是十岁的孩子怎么可能不争执呢？妈妈用眼睛瞪了我一眼，叫我们不要吵了，我不以为然，妈妈在我的心里是没有丝毫形象的，她从没有打过我，她骂的话对我来说都是耳边风。我继续说，"啪"她一巴掌便盖在我的脸上。我当时感到莫名其妙，在心底里恨恨地瞪了她一眼，暗暗对自己说："我永远都不想理你了，不讲道理的人。"到了晚上，我独自上床去睡，妈妈躺到我的身边。她把手伸到了我的肩膀，拥抱我，泪水从她的眼帘溢了出来。"妈妈"我脱口而出，泪水洒满了我的面颊。她的泪也滴滴溅在我的脸上。我便用手去擦拭，两个人都没有说更多的话。可我明白了我是她的女儿，她只能将一巴掌盖在我的脸上而不能去指责表弟的错。这泪水不仅仅是原谅，更多的是母女情感的交融。那巴掌我永远记着，不是记恨母亲打过我的一巴掌。它是妈妈第一次在情感深处和我密切的亲情交流。由于我没有福州市的户口，到了初三的最后一个月，我便转学到了县城。尽管是住校，可离父母近了许多，每周末便回到了家里。母亲并没有让我感到丝毫的温暖，更多的是沉甸甸的压力和重负，我一去玩，她就念念叨叨地说了一大堆要用功读书的大道理。当我坐下来读书时，就听到妈妈对爸爸说："她今天很乖，挺用功的。"这句话让我感到自己很笨，如此的用功，成绩却上不去。我不是不想读书，甚至于希望偷偷地读书而没有被人发现。让大家觉得我很聪明。于是，我便开始和老范走象棋。接着老范不和我走象棋了。他总是说没空。我后来才知道是母亲去指责过他，担心影响我的学习。有一回，我和爸爸到电影院看电影，妈妈冲进去把我揪回家，她对爸爸说："她现在是高中，很重要哇，你还带她去看电影！"在我高考的那一年，父母花钱去了南京，哥哥报考南京大学也是因为妈妈的姑父在那儿当校长。妈妈对我说："我把大学的路都为你铺好了，就看你的了。"那些日子里，我的眼前全是大学的校门在向我招手。我觉得在妈妈铺的路上，我竟不知该怎么走？我过得很累很累。我很想用心读书。可没有一丝一毫的自信，怎么也没办法摆脱各种各样的想法。读书的时候读不进去，玩的时候玩得不开心。像大家说的那样："女孩子到了高中就没有用了，她们早熟了，读不来书了。"可我心里明白是没有人帮我把天撑起来。我想的东西全是乱七八糟的垃圾。它们不停地折磨着我。我无法放下心中所有的负担，各种心思沉甸甸地积压在我的心上。在经历了一周的失眠后，我考了一生中最差的一次，全校三十多名，而且有三科竟考了不及格，我与大学失之交臂。随着高考的失败，女人这辈子也算是没指望了。还有一个机会就是结婚。用舅舅的话就是："一个上大学的女人今后挑选的对象自然也是高的。"

我知道我失败的原因不是我太笨,而是我打不开自己的心结,我不由地想起了初中的同学赵怡,她从一个在班上十几名的女孩子,一跃而成全校最优秀的宠儿,为什么呢?因为她有一个天天用心鼓励她的父亲。我为自己有这么一个天天唠叨让我心烦的母亲感到悲哀。她为什么不能少说几句呢?她为什么不能给我一些快乐呢?我读书的时候,她不要念叨。我会静静地读进去的。她总是在我读书的时候念叨着,让我根本什么也不想做!后来得知全校考上大学的人竟有一百多人,我的志愿没填好,当然主要还是我对自己缺乏信心造成的,直到那时,我才知道其实以我的成绩上大学本来是小菜一碟,可由于我自己没有好好把握,从而使我与之失之交臂……

高考的失利大大地打击了我的自信,我开始虚度年华,中专的课程很浅,不然像那样的心态,我可能都没办法毕业。有一天,妈妈对我说:"谁都说自己的学校好,你不要对别人说你的学校不好。"

"本来就不好,那有什么。"

后来我才知道我上中专已经让她很没面子,可她还要把头抬得高高的,和他人说女儿上的是重点中专,她不能接受他人贬低她的女儿。她对我说:"如果那时能进福州三中,你考大学就没有问题。"我觉得说过去又有什么意义呢?问题是我现在对自己没有信心。如果我现在会重新开始,前景也是光明的,可我和她说得通吗?

我冲着她:"你怎么就天天说说说,如果不是你一天到晚地啰啰唆唆,我会考不上大学吗?"

"是你自己当时不好好读书。你竟然怪我,我一直叫你——

爱洁啊，用功一点啊！你总是不听！"我何尝不想好好学呢？可我拿起书来觉得全是重负，我根本就力不从心。妈妈为什么不能从现在开始让我好好活呢？我现在一样活得很累呀，我时时感到自己生不如死，考大学重要还是想不明白重要？我把桌上的碗一推，"啪"的一声巨响，那碗便被我有意摔到了地上。我像一个犯人似的逃开了，我以为她会朝着我发火，她会哭泣……可她没有，她竟默默地收拾了，似乎很担心被别人知道。后来，我也感受到的确怕他人知道，因为儿女本身就应该是她的骄傲。而我把碗摔到地上没有人会称赞我，更可能被她身边无聊的女人讥讽。

她从此不再说我高中时不用功，可还是遇到人总会谈起命运对我的不公："如果上了福州三中的话，肯定就考上大学了。"

有一天，妈妈穿上了一件旧棉袄，爸爸摸着她的背，问："你的背上怎么鼓起来一块？"妈妈一边摸一边哈哈大笑，爸爸很诡异地问："应该是钱吧！"大家都笑了，妈妈那时眼泪都笑了出来，的确是钱。我想不通：钱怎么会藏到背上？她为什么要背着爸爸藏钱？真是毛病！妈妈的脑子里怎么总是钱钱钱，后来我工作后，有一回，妈妈对我提及她在单位上班时，因为领导把她的工资算错了三十元，她叫他们补。他们不肯，她躺到地上捶胸顿足地号啕大哭。后来领导补给了她，当我听到这件事时，简直无法接受这样的母亲，她怎么如此的恶心和让人唾弃？可此时却让我泪流满面，我似乎看到臃臃肿肿的她滚到地上，一边纵声痛哭，一边絮絮叨叨地诉说那些钱是她劳动的成果。一个母亲为了把她的两个儿女培养成有学问的人，她历尽了所有的千辛万苦，为了拿到属于她的那点钱，她不要脸面，连做人的一点尊严都失去了。还有什么样的母爱比这伟大？我不由地想起一本书上写一个母亲不允许自己的女儿嫁给一个不明不白的男子，她竟设计让她的女儿看到那个男人强暴她。

母爱的确永远都是别的一切所无法比拟的。

我工作后不顾任何人的阻止，执意要下海，口袋里揣着几十元钱外出打工。哥哥分配在福州。外婆那房子恰好拆迁。外婆征求过舅舅，舅舅不买，让妈妈买。只是要求以后舅舅的女儿读书时，也要住在那儿。妈妈把所有的心力都放在这房子上，那时她寄了一百元钱给我。我并没有感觉到过多的温暖，只是觉得她把钱寄到姨姨的店里，让大家知道我工作后还要母亲寄钱给我。我感到很没有面子，有一种自己都养不活自己的无奈。那钱深深地刺伤了我的自尊。没过几个月，我竟在三明得了阑尾炎。那时我心里最想的是荣，可他在县医院住院，我渴望爸爸能来就好了。因为妈妈天天除了说钱，除了说那些让我心烦的话，不会给我带来丝毫的快乐。更何况现在打算买房子，家里更需要钱。在得知我生病的消息后，妈妈便赶到了我的身边。她一来就询问我的病情，寻找解决的办法。当时已经是我得病第三天了，医院没有安排我手术，我的肚子还是很痛，便有人告诉妈妈要送红包才能立刻手术。妈妈便开始准备，我告诉她："他们说主刀医生和麻醉师都要五十元。"妈妈权衡了很久，包了两个小小的红包，主刀医师五十元，麻醉师二十元。在我进手术室时，她便送了红包，手术进行得很顺利。术后第二天，妈妈看到我不再痛了，对我说："还是手术了好，前两天那样是不行的。"这一次她竟没有对我说一句不中听的话，也没有讲过去的不开心，更没有唠叨。我四处走动以促进伤口的愈合，整个病房里全是我的笑声。妈妈竟也随着我的笑声而开心地指责我："真是个永远长不大的孩子。"

其实，我的心里并不快乐。因为我没有找到自己的位置，还在为生活奔波。而且我这次得病是由于我刚刚做过人流手术，过于疲劳造成的。在医生问诊时，我说出了上次月经的具体时间，所以整个病房的人都知道这件事，只瞒了妈妈一个人。妈妈这一次的到来让我感受了我一生中从未曾感受过的母爱。她没有说一句不中听的话，她关心我的身体超出了所有的一切。她尽可能地买各种对我有营养的东西给我吃。接着医院催款单便来了，妈妈也紧张了，去问医生，医生说："你可以出院了，到时来拆线就行了。"妈妈悄悄地对我说："送红包看来是送对了，如果没送，他今天说我们不能出院，再住三天，不知要多花去几百元？"通情达理对人热心又心怀感激的母亲总是这样，不像别的人在送了红包后还背后指责一番。我继承了母亲所有的一切，以前有人对我说我长得像爸爸时，我就喜形于色；而有人说我像妈妈的时候，我就万分的反感，总以有这样一个啰唆烦人的母亲而羞愧。我如今在这里啰啰唆唆地诉说往事也是继承着母亲心里放不下心思、爱没完没了诉说的毛病。拆线后，母亲便叫我和她一同回家，我不肯，我忍受不了别人的眼光，我是勇敢地从卫生局走出来的，我现在回去只能成为大家嘲笑的话柄。我有一种宁可在外面饿死的坚决，母亲看到我的坚决，也没有勉强。毕竟是自己的女儿，脾气想必也知道，拿了一些钱给我，我告诉她我还有一些，而且过不久工资就要发了，她不安地走了。她并不知道当时我刚刚流产过，如果她得知，心里会有多么的心痛，甚至会有一种罪恶的感觉，感到自己不仅没照顾好自己的女儿，让自己的女儿尝尽人间的辛酸苦辣。

接着父母便在福州买房子，妈妈把原先的那条项链卖了一共凑了八千元，当时那公购房尽管很便宜也要二万多元，幸好哥哥的收入挺高，只要单位一发钱，哥哥便把钱拿回家给了母亲，那时候报纸上报道非洲鲫鱼吃了不会生孩子，特别便宜只有几角钱一斤，妈妈常常买很多炸来吃，我四处奔波，收入也低得可怜，爸爸到舅舅单位做事，包吃包住，一个月舅舅发给他一千元，在那儿干了六个月，爸爸只拿了最后一个月的工资回来，其余的都被他花光了，舅舅还对妈妈说："如果是小舅子去外面找女人也无所谓，我还会拿钱给他去玩，我怎么容忍自己的姐夫这样？"我当时很惊讶爸爸竟只带回了最后一个月的工资回家，至于找女人也只是舅舅的一面之词，妈妈把心依旧放在那房子里，四处借钱。一直到房子买好，搬进去住后几年，爸爸的旧账新账一笔一笔暴露了出来，我才知道他借着买房的名义，差不多欠下了一万多元，而这些钱中只有几百元是哥哥大学毕业时他寄去的，别的全都是他私自享受用掉的，而且在买房时，他去借五千，拿回来四千，回扣去了一千，一直到后来家里的债一笔一笔还了后，妈妈催他还，帮他打理锅边店，他才还掉。爸爸在我心中的崇高形象一下子就轰然倒塌，我真的不敢相信我从小深爱着的爸爸竟是一个这样狠心的男人。妈妈其实早就习惯了爸爸，后来妈妈告诉我，在我小学时，爸爸有一回外出借钱，那个人来找妈妈还，妈妈身无分文，有一本存折只有一元七角，那个女人骂道："是你的老公求我借钱，说好还的，时间到了怎么不还？"妈妈的朋友拿着那本存折对那个人说："人家银行里还有五百元呢？"我这个人学不来骂人的话，总之是骂得很难听。被人踩死的感觉吧！我和哥哥都同时对妈妈亲近了，对爸爸冷漠了许多，爸爸说我们的心都被妈妈给收买了，我当时感受更深的是母亲的可怜和无助。

　　我停薪留职回单位后混得更烂，我想参加成人高考，妈妈四处买了各种各样的资料寄给我，当我考上后，一度欣喜的她叫我住在家里，才两个月，她又开始唠叨着度日的艰难，我无法忍受她的念叨，每个月给她一百元，一开始她执意不要，后来在大家劝说下她也就收下了，于是也就平静了，有一天，她的朋友们到家里来玩，我和她们聊天时，对她们说了我无法忍受的许多小事，"我得了三等奖学金，妈妈竟说那就是最后一名。"等等琐事，那阿姨用柔和的语调轻声说道："我们作为同事都能理解，你作为女儿怎么不理解？"这句话让我豁然开朗，其实妈妈是一个很简单的人，她简单到根本就像一个一点事理也不懂的孩子。她的心里只有一根筋，没有第二个想法。就像爸爸说的那样："结婚几十年从没有翻过我的口袋一次。"有一天一家人坐在一起吃晚饭，妈妈一看大家回来了，就忙着煮这个煮那个，爸爸叫了她多少次："不用煮了，桌子都放不去了，你也上来吃吧。"

"我这两碗煮好就来。"

"来吃吧。"

"你啰唆什么呀，我很快就煮好了。"妈妈不耐烦地嚷道。

我说："她高兴煮就让她煮吧。"

一家人在一起便聊起母亲一辈子的不值，也说出了很多让人觉得她很坏的小事来。爸爸说他这辈子就是因为妈妈不会处理人际关系，不懂得怎么做一个贤内助，所以他没能成功，他说："有一回，范书记和秘书到家里来，那个书记帮过我的忙，她很感激人家，就煮两碗蛋来，结果范书记的那一碗的两个蛋很大，满满的一大碗，那个秘书的两个很小，只有半碗，那个秘书感到不好意思，就先走了。我留范书记吃晚饭，我陪他在上面聊天，你妈在厨房忙了一下午，我们以为有饭吃了，下来时，她火也没烧，她说等我煮，我煮，叫人家干坐着吗？怎么可能她去陪人家聊天？我这辈子错就错在被她害了，什么都听她的。"这是爸爸的总结报告。

我说："她心里只有哥哥，那一次，小林叔叔的两个孩子在

我们家吃饭，妈妈就叫人家吃菜，夹了青菜给人家，夹了鸡腿送往哥哥的碗里。"

妈妈听到了，"被你们这么一说，我都不知道是一个多坏的人。"

听说过有一回她问同事："你看到老张没有？"那人就笑着说："你老公皮鞋擦得亮亮的，头发油光发亮，刚刚和一个女人出去了。"妈妈便回到家，把两个人的结婚照一分为二，同时把蚊帐也撕了，把爸爸所有的裤子给剪了。等到爸爸回到家后问明情况，就去找那个开玩笑的人，那人来赔了礼，从此没有人再敢开类似的玩笑，这可能就是世人眼里的爱得深、恨得就深吧，我不明白这样做有什么好处，撕破的东西难道不要钱吗？如果男人真的有了外遇，你一哭二闹三上吊，他对你的感情就会加深吗？我也会对荣无理取闹，可大多是私底下的，在外人看来，我为他家付出了许多，其实早在他爱上我的那时起，他就为我付出了全部。自从想明白人生道理，发现他是我最爱的男人，我的心都放在了他的身上，也就极少和他吵了。

在我读大学时，哥哥投资开了一个食杂店，生意不太好，当时爸爸对我说他认了一个干女儿，还私自叫吕荣帮他寄了一千元钱和一些书，吕荣和我说了，我这个人还是比较通情达理的，所以吕荣私下叫我保密，其实他不交代我，我也不会去说。不久妈妈竟发现了那张汇款单，和爸爸小吵了一回。妈妈早上去厂里上班，下午就赶到店里帮忙，爸爸早上根本就没有开店，他总是在妈妈要回来前十几分钟才开店门，他天天忙什么去啦？听人说他和一个女人逛公园，其实我理解男女正常之间的交往，纵使是一起逛公园也不能说作风不正，可爸爸天天上午都没有开店门，事事都瞒着母亲，这就不太像样了，我希望阻止这种现象的继续发展，甚至于觉得如果爸爸的的确确不爱妈妈的话，就再安新家，也许我的思想太前卫了点，我不希望没有爱的婚姻却要装腔作势维持下去，如果他们真的都有自己的真爱，我是举双手赞成的。这已经不是一个完整的家了，我就像一个不懂世事的孩子，一开始，我拒绝和爸爸说话，接着把我知道的每一件事都告诉了妈妈，于是一个家闹得不可开交。有一天，爸爸拿了两把菜刀，"咣当"一声扔到吕荣的面前，"这个家我都没法住下去了，你趁早给我搬出去。我没得住，难道你还能住在这儿？"接着我便和母亲商量，妈妈竟束手无策，我感受到妈妈的心里全装着爸爸。我和吕荣两人同时都搬出去住了，我无法适应宿舍的生活，因为我没法调整自己正常的心态，所以便要求和荣一起去租房子住，得知我和荣一起租房子后，妈妈便叫我们搬回去，我当时觉得很奇怪，妈妈怎么一听到我花钱就害怕了呢？早知我吓她一下也省了许多的事。后来一天一天的日子中，我也算明白了母亲一生都是为钱去奋斗，爸爸在年轻的时候和她一起吃苦耐劳，她的每一分钱中都充满着一个美丽辛酸的故事，每一根火柴的燃烧都会让她心痛，每一根针线都是一把锄头一把泪换来的，所以她天天都是："他一坐的士我就火，那十元钱对于我来说都不知可以做多少事。"只要爸爸坐的士，他们俩就要吵架，所以常常是爸爸招呼了的士，妈妈不肯坐，她宁可去坐公共汽车，这种事情常常发生。"吃得好才有好身体。"妈妈常常这样说，所以不管爸爸买什么吃的回来，妈妈都不会和他计较。只要我一回家，她边问："要吃什么？"边开始忙碌，能煮一点吃的东西给自己的孩子，就是她做一个母亲的全部的深爱。

　　妈妈是一个难得的好女人，到了我生孩子的时候，她带了许多东西去松溪，当时看到我生活很俭省，担心我舍不得钱，没照

顾好自己，在离开我的时候，除了车票，口袋里只留下十来元钱在回到福州的路上用。她一个劲地教导我："你的公公婆婆是农民，他们的身体健康才是你的福气，不要只会买西洋参给他们吃，要多买各种肉蛋之类的东西。"当我告诉她："我小叔子结婚时，我的婆婆借了很多钱，后来也从橘子山上拨了一万多元给我。"妈妈便开始替他们两个老人家打抱不平了："苦的都是老人，一个人说什么孝顺，结婚时让父母四处借钱，只要有这么回事，也就没有孝顺了。"其实当时我就对我的公公说："我不想要你们的钱，既然你给了我，你外面欠的近万元钱，我会想办法帮你还了。"这话我没和我的妈妈说，我觉得没必要，尽管我很爱说话。她来我这儿拿一个药片都一定要付钱，我给她钱时，她总是不要，她时常说："一个家要存一点钱，万一有事一分钱都没有，怎么行？"她念叨着天天怎么计划，月月怎么安排。

有一天，我爸爸要填遗体捐赠表，妈妈说："不要填这个，人死了，灵魂都下了地狱，为什么还要让他下第二次呢？"爸爸同意捐遗体，妈妈担心了："你爸爸的遗体捐了，你哥哥会不会受影响？"我以前总觉得妈妈是担心她的尸体被人解剖，原来她首先想到的都是孩子，她觉得被解剖后，子子孙孙的风水都会不好，妈妈的的确确是一个不可多得的贤妻良母，没有她的确就没有这个家，就连爸爸转干，哥哥和我来福州，一直到去年我的这个店都是她一手装修的，她勤勤恳恳，任劳任怨，可她是不幸的，她不能为她自己活一天，她天天都在操心她身边的人，她每天都要先喂我的女儿和哥哥的女儿，我无法明白一个六岁，一个三岁，为什么非要喂呀？有时这个不吃，那个也出花样，妈妈一急就一个人坐在那儿哭。

爸爸常常说她："你怎么脸也不先洗一下？头发也梳整齐一

点吧！”

"你就是爱那些会打扮的女人，是不是？"她怒吼着……

她爱这个家，到处有她的辛劳，有一回，哥哥站在桌子上去擦吊顶的灯，妈妈叫大嫂："扶好。"接着妈妈去倒垃圾，当她回头时，大嫂见哥哥没擦干净，大嫂就上去了，哥哥在扶着，妈妈叫着："梦洁，不要扶。"这种事让任何一个做儿媳妇的都无法接受，其实妈妈的心里根本就不是那么想的，她的心里只有儿子和女儿，当时，她只是看到了哥哥在做事，她就受不了了，大嫂也说："如果让你妈用命去换你哥哥，你妈一定会的。"这一点我深信不疑，因为哥哥就是她的全部，有人问她："你的女婿有没有叫你妈妈？""自己的儿子都没叫，还管女婿有没有叫？"妈妈只爱女儿和儿子，她不知道只有用心爱媳妇、爱女婿的女人才能让儿子、女儿更幸福。

我刚到福州开店时，一提到吕荣，妈妈总要生气，她总是说："没死都不能算的。"因为她坚信爸爸在年轻时非常的爱她，只是现在年老了，变坏了，变得懂享受了。爸爸时常说她："我在前面拉板车，你在后面推，这样的日子你是最满意的。"

我甚至对她说："像你这样一天到晚只会啰唆，不能给人一丝一毫的快乐的女人，要是我是你的老公也会外出找女人的。"这个家没有她早就空荡荡的了，母亲是那个时代的结晶，她深深地烙下了那个艰难困苦时代的印记。她的一生是付出的一生，是从没有为自己悄悄享受过的一天的人生，她是不幸的，也是可怜的，除了爸爸会花钱让一个家的重担全部压在她的身上以外，最不幸的是她从没有为自己好好地活过一天。我以为一个好女人不仅要贤惠能干，温柔体贴，更要给男人以激情，甚至于在老公面前要有足够的风骚。只有不断地调整自己，不断地给男人快乐，

好好地为自己活一回，这样的女人才能永保爱的秘诀，才能让真爱永恒！写到这儿我早已泣不成声，浑身不住地颤抖着……

这时，妈妈打电话来："我不能让你哥哥帮我买坟墓了。"

"他有钱，你想买就让他买呗。"

"你怎么能这样？"

"你到底要我怎么样？你就是要买三个坟墓，我也买得起，可你不要，你说我是女儿，买的话让你儿子的财运变没了，他要买就让他买。"

"不能让他买太贵的，那会让他花很多钱的。"

"你自己去看，你喜欢哪个就买哪个，你不要总念叨着钱，你看到贵的，你说一句不喜欢不就行了。"

"你怎么能这样，尽想你哥花钱……"

我不知怎么总是得罪妈妈，表弟去年寄了一万二还我，我要拿给哥哥，哥哥说："先还你好了，我不差这点，知道表弟有这份心就好。"

妈妈得知这消息后，"你气盛，说话不饶人，你表弟不敢污你的钱，你哥老实，他绝对污你哥的钱。"

我沉默了……

妈妈，如果你不要自己作主，任何事情都由我们去做，你就好好享享清福，难道就不行吗？

不管母爱多么崇高伟大，我依然觉得吕荣对我的爱永远胜过母爱……

从此以后，我完成了心灵深处的蜕变，我用心观察生活中的许多细微之处，有时眯缝着眼睛悄悄地盯着人家看，写了不少白描的文字。

成功的一生

今天，一个老奶奶带着两个人来到我的店里，只见那个男的头发黑白相间，斑斑驳驳，后脑勺的那一撮竖了起来，眉毛又浓又密，有几根长得又长又粗垂了下来，有三根竟是银白色的，双眼皮混杂着皱纹已无法数得清具体是几层了，额上几根像"一"字的皱纹随着口形的张合而时深时浅，靠眉毛的一根与鼻根处的"1"的皱纹形成一个"T"字，左眼睑下有一个米粒大小的黑痣，右脸颊有一个明显色素沉着棕色斑点，我怀疑是他年轻时长粉刺遗留下来的痕迹。满脸的黑白相间的络腮胡子，因没有修理显得有点儿邋遢，蓝色的灯芯绒上衣只扣第三个和第五个纽扣，也不知另三个没有扣子还是他没有扣上。

"这儿有一家医院，我一点也不懂。"他感叹道。

我忙搬了椅子请他们坐下，他们依次量了血压，均有点儿偏高。

那个女人一头乌黑的卷发，脸蛋看上去有点儿浮肿。眼睛比较小，笑起来眯成一条缝，眼角的皱纹向外延伸像不甚均匀的方格。穿着整洁，手里拿着一件正在织的毛衣。

"阿姨，你除了血压高，是不是还有别的病？"我关切地问。

"我很多病，有心脏病、肾病、白内障，前两年还中风了……"

她一边不停地织着毛衣，一边诉说着。

"我就觉得你可能有肾病，脸看起来有点儿浮肿。"

我用手指了指他的老公："他看上去比你结实多了。"

"他的血压很高，我挺担心他的，你看！"她边说边把他的前额的头发撩起来给我看，那一根粗得像蚯蚓样的血管呈现在我的眼前，他在说话时那根血管也随着微微地颤动，喉结并不十分突出，一笑起来，脖子上的筋也一根一根地凸起。

我竟有一种说不出的激动，我很认真观察他的长相，可我始终没发现这样的一根可能被我看见的血管和那脖子上的明显的筋。生活中处处显露着不被发现的奇观妙景，世界上不存在两个长得一模一样的鸡蛋，每一个鸡蛋的每一个侧面、每一个角度都有一种迷人的光彩，都有一段不被人知道的浪漫的故事。它是那么的平凡，可它又是那么的不平凡，美无时无刻存在着，重要的是在于发现，只有用心去发现生活中点点滴滴的美，在哪里不都是一片精彩吗？只要用心去感受生活的美，去感受周围的人给予你的真爱，你不就能时时刻刻感受着温暖，感受着快乐，更好地享受生命的赠予！如果人人都能用心去写这点点滴滴，如果人人都能用心去勾画自己的一生，每一个人的一生不都是成功的一生吗？成功并不意味着舞台上的鲜花和掌声，成功在于自己对生活的感受，在于自己是否快快乐乐地享受人生，是否天天在滋润中学有所获。我是一个貌不出众的平平淡淡的女人，像一杯静置在那里没人注意的水，我用自己一颗火热的心尽情地谱写我的一生，我珍爱属于我的分分秒秒，纵使下一分钟离开人世，我也会尽心尽力把这最后的60秒过好，我可以很自豪地说：我的一生是成功的一生，我早已无怨无悔了。

日记发出后，越王上线了：妹妹，你的日记非常棒，我很喜欢！

好妹妹，我不会离你而去的。你那天使般的微笑已深入我心坎，你的留言就像甘泉滋润我的心田，我感到能有你这样一个文学才华崭露头角的善良仁爱的妹子而发自内心的欣慰！你的日记我每天都会看的，很有进步，那白描似的刻画简直出神入化了，你写作的天赋正逐渐显现出来。语言是思想的载体，是思想的外露方式，你每一句出色的语言，都是你思想的光芒映出的彩辉，真是精美绝伦！如果仅仅是美那还是不够的，你的语言中还淌出了人生哲理的精髓，给人以思想的启迪，给人以升华，不知不觉潜移默化地改变人们的思想观念，使人们仿佛在茫茫黑夜中迷失方向时，忽见一烛光，映出了思想与感情的出路！妹子，我近期很忙，可再忙也会天天抽空看你日记的。你要吃好，店铺照看好，要保证足够的睡眠，哥才放心。文学之路是一条异常艰苦路，是由一串串泪水与血汗浸透而成的，对大多数从事文学的人来说，能出名是极个别的，绝大多数只能默默无闻终身！就像通往天堂的梯子是狭窄的，能挤上去的只是个别。但是，我们知道，文学也是使人完美的事业，最起码能使自己逐渐形成美好的人格，即使不出名也独善其身，愉悦身心，以至于快乐一生。

　　誉为"花果之乡"的福州气候温和，茉莉花、白玉兰等随处可见，雪柑、福橘、荔枝、龙眼、橄榄等享誉海内外。在这百花盛开、四季飘香、蔬果繁多的榕城，我却钟情于网络世界。通过屏幕，我跋涉于水光山色、朱筵华宴、红男绿女中。我似乎在石径缘青嶂、朱筵敞翠微中寻找自己的人生之路，正所谓物竞天择，在这茫茫网海中，越王哥哥像磁石似的深深地吸引着我，令我沉迷于其中。

　　每一次与他聊天之后，我总是沉醉于其中，为自己的文字的

粗浅而失落，为他的脱口而出而羡慕不已。我天天都盼着他的出现……

有一回，他对我说：

见到你，一种成熟的美，岁月把你蕴存着成熟的美表现了出来，就像开放的花儿一样，自有一种可爱的色泽令人神往……

你的气质和气度中自有万种风情和一种超凡脱俗的魅力，我感到你来自内心的体验不同于少女时期的梦想，演绎成熟的风韵和完美……

你的美蕴含着深度风韵而不仅仅流于表象和姿态，我感到你年轻依旧的心在流动的喧嚣中渐渐地提炼着平凡和宁静……

我感到你可以自如地把握生活，把握自我，在广阔的空间驰骋，充分地将女性的卓越风姿和神采飞扬的气度表现得完好无遗，你的迷人远离焦躁不羁的傲气……

如果说少女的清纯让人羡慕，而你特有的迷人却让人崇拜，因为你的美注入了丰富的内涵，不单单是一幅雅致的画，更是一本耐人寻味的书。你可以用成熟的心态来读风雨雷电，看万紫千红……

随后，他把李清照的《一剪梅》发给我，同时对我说："这首词谱成了曲叫《月满西楼》，很动听！这首词上片渲染环境，红藕香残，时令已是深秋，然而锦书难寄，空守寂寞……下片继续突出抒写相思之情，结句写这种情绪总是萦绕心头，无法消除。语意新颖，令人叫绝！

谱成曲后加上音乐的魅力，使欣赏者感受到柔情千万缕，化作相思结……一种无法形容又无计消除的特殊意境……给人以颤巍巍，凄幽幽，让人愁肠百结也。正是：本想不相思，为怕相思苦，几番几思量，宁可相思苦。"

我深知他就是一个精力旺盛的人，有一定能力随心所欲的人，一个才华横溢有幽默感的人，一个固执并霸气的人。

　　他的家乡下雪，他去海边捡拾贝壳，甚至于他追求女朋友的琐琐碎碎都一一向我倾诉。我收集了他与我的所有聊天记录，望着厚厚的一大本，我总是自得其乐，身临其境。他的家乡屏山像海市蜃楼在我的脑海中飘浮着——青山列画屏，春雨翠欲滴。秋叶更春花，纷披似锦织。

　　福州也有屏山，当我和几个朋友一同伫立于绿草如茵、树木如盖的福州的屏山公园时，举目四眺，难免使我思古忆旧，仿佛山之东麓传来闽越王的声声战令，山之南麓饮马池畔咴咴声不绝于耳。我深知那是战马在仰首嘶鸣，又闻得各亭阁里的吟诗声，对弈声不息……透过密林朝空望去，见一团团一簇簇云彩从山那边汇涌而来……

　　人随梦电几回见，剑逐云雷何处寻？惟有越山池尚在，夜来明月古犹今。

　　在红花绿树丛中，年轻的恋人对对，年老的夫妻双双，更是一幅美不胜收的仙境。信步于一条小鹅卵石铺就的通幽小径，只见小石拼成：自由恋爱，成双成对。远山上筑一小亭，一个朋友非常虔诚地在蒲团上跪拜起来，随后把钱投进了箱中。我的心里却有另一番打算：还是把款捐给更需要的孩子与残疾人吧！

　　只见左右柱上有副楹联：

<blockquote>
举念奸邪任你烧香无益，
心存正直见吾不拜何妨。
</blockquote>

　　我心中一阵欣喜，看来菩萨竟也如此理解我！我回忆自己一

路走来的历程，今天的一切都是历史的延伸，我扪心自问，细细辨认来路，我就这样深一脚、浅一脚地行走在这条人生旅途中，从封闭走向开放，从平庸走向辉煌！

我站在这古今交汇的历史河流的默默无闻的角落里，深知自己就是历史长河中的一朵小小的浪花，这么一朵微不足道的浪花随时可能落入泥地上而消失得无影无踪，我只有流入历史的海洋中才能让自己存活下去……

东风让我有了姐弟的亲情，禾雨点燃了我的文学梦想，秋水让我有了少女的恋情和那激动人心的相思，越王带给我更多的思索与回忆。往事一段段像惊心动魄的画面一幕幕在我的眼前播放，我渴望用生花之笔栩栩如生地把点点滴滴描绘出来，可惜我的无能和腹内草莽，让我无法将一切写下来。我将十年如一日为之做准备，我虽不能写下全部的生动场面，却能摘下片片树叶将它做成标本，一幕幕美景将在我的心中唱着欢快的歌儿。

自从与越王相识，我的思绪千千结，无法安然地坐下来读书，不要说唐诗宋词，就连小说都看不进去。我恨不得把所有的往事一气呵成，可提笔之际却发现自己除了那历历在目的往事，竟一个字也写不出来。我感到了力不从心，我太缺乏积累了，我希望每天写一些片段来增加我的内存……

第七章

网 恋

爱会令人奋不顾身去追求

光阴似离弦的箭往前疾驰，"大暑啖荔枝"、"白露食龙眼"、"十月橄榄真值钱"，不知不觉从炎炎夏日转入了收获满满的秋季。有人说我的文字极像三毛，我深知自己在追梦，我的一生绚烂而多彩，我生命中最华美的乐章是对梦想的追逐，我渴望用生命去爱这条人生之路。

我情不自禁地唱起了"橄榄树"："为了天空飞翔的小鸟，为了山间清流的小溪，为了宽阔的草原，流浪远方，流浪。"我投身在音乐的情绪中，裹着心境，携着阳光，优美的歌曲从我心底飞出，蔓延着丝丝缕缕，剔透着爱恋温馨。

岁月匆匆，时光荏苒，佛说前世的五百次回眸才换来今生的擦肩而过，日复一日的唠叨令人生厌。越王哥哥、轻松妹妹等一个又一个网友悄然离去，我本就很艰难地独自支撑着店面，又不能离开店门一步，我的心除了应付病人外，重心仍在网络上。有一天，我给秋水哥哥留言：对你诉说太多了，一颗心全在里面，整个人筋疲力尽似的，好累呀！

他回道：妹妹，你的话我看了很多遍，我觉得你是很累了。但如果你认为是因为对我说了很多的爱才有的累，那就是我的，也是我们的悲哀了。因为爱是说不完的，也是不累的。

我发出了一封长信：

哥哥，我真的很渴望扑到你的怀里，我沉浸于和你的深爱中。我对你说：我不让你牵我的手！并不是荣不肯，是我会情不自禁地扑到你的怀里。我是不是一个坏女人？哥哥，我在你的心里是不是不再纯洁了，为什么你总把我看个通透？为什么我和荣生活在一起十几年，都没有如此强烈的心灵相叩？

当晚，又是一个不眠之夜，我喝了许多的红酒也没法入睡。头痛得很，可我还是牵挂着你，你睡得好吗？你是不是很伤心？是不是很痛苦？你说过再也不会让我伤感，你说过无论遇到什么样的情况都会爱我的一切，呵护我，可你现在却对我不理不睬。

亲爱的，只要你过得好，我早已不再有太多的渴求，当我意识到人生的幸福和快乐时，我体会到纵使马上离开人世间，我也是无怨无悔的。因为我感悟了生命的真谛，因为我深深地爱过，也被深深地爱过。

你寄给我的书最动我心弦的就是《蛾眉》，那飞蛾无怨无悔地扑向蜡烛常常让我感到无比激动。我放声朗读时，常常泪流满面。我渴望像它那样好好去爱。我渴望能字字句句从键盘上传输过去给你。亲爱的，太多的话渴望向你倾诉，不知将占用你多少的时光，我永远爱你，爱你的一切，你带给我的一切让我回味无穷，我珍爱你！回忆起那一夜在电脑前苦苦地向你哀求，竟也是如诗如歌，因为它让我感受到我有多么的深爱着你，让我感受到两颗心的撞击。亲爱的，我是带着写书的目的上网的，那情意绵绵的带着诗情画意的聊天记录让我深深地感受到两个痴情男女的深深相爱。网恋、婚外情比比皆是，许多人搞得是家破人亡，我渴望在这世上走出一条让爱永恒的故事，便置身于其中，让自己去感受。我完完全全忘了自己的存在，我痴迷于其中，用心去感受，我废寝忘食地走过了这一段历程，信誓旦旦地表明，我和你相逢连手都不会牵，可事实上，我的心潮一次又一次激情万丈，我不停地想象着你吻我、拥抱我、抚摸我……各种各样的想法夹杂着涌向我，我痛苦得难以自拔。我向你诉说的每一句话都发自内心深处，我一次又一次地感受到强烈的心灵撞击，你看穿了我，亲爱的，我多渴望你能用心好好珍爱我！呵护我！

赵华评论道：唐荷！你怎么啦？为什么竟然这样表述？我相信你，可是，依我的想法，你有些走火入魔了！希望你开心快乐，但不愿意看到所谓的网恋使你忘记了正常的情感。的确，你老公支持你的文字游戏，我也很欣赏你的情感飞跃，但，只想对你说一句话：希望你真实的生活！唐荷，其实，人就是生活在各种各样的矛盾中的，对的也许就是错的。因为未来的路，只有在经历以后，才能看得清楚，所以，你也不必为了日记，就这样自责自己。

又过了一天，秋水哥哥没有理我，他不应该这么冷漠，他分明知道我会很伤心的，可他却没有上来瞧一瞧我。我如梦初醒地写道：我的的确确很爱他，和他相识至今还是深爱着他的每一句话，我最关心的是他是否快乐，是否开心，可他却永远也做不到最关心我是否快乐，他不懂得爱到底是什么？他心里没有我……
我给秋水哥哥留言：网络带给我的快乐足以让我享受一生，谢谢哥哥给我带来了网恋，你没有爱我！像你说的那样，你在回报我，在网络上已经无法再播撒真爱的种子。我的文学基础太差了，读书应该是我最重要的事，希望你永远记住有一个妹妹在静静地想你！写在这儿我还是流泪了，爱你，我的哥哥，深深地爱着一个一点儿也不关心我的快乐的人真的很悲哀！

人生永远都只有一条路——勇往直前，放弃该放弃的，执着该执着的，凡事都要自己去弄明白，别人说一千道一万永远不如自己得来的感悟深刻，放弃了秋水，重新投入禾雨的怀抱，和大家一起分享一下禾雨的《放弃》：

当黑夜来临，喧嚣渐隐，天地之间归于安宁，万物沉寂之时，忙碌了一天的人们不得不暂时放下手中的一切，进入梦的世界，让烦恼远去。这是自然恩赐给人类的一种权利，一种真正的祥和，因为她让人们只拥有这黑色的夜而暂时放弃了一切。

人的一生是拥有和放弃的一个过程，人们总是用拥有的多少来衡量一生的荣辱与成败。因此人们无一例外地在这两者之间进行着艰难的选择和痛苦的挣扎，假若人们懂得了拥有与放弃的全部意义，那将会是真正的解脱，放弃并不意味着抛弃，那是一种情怀，是一种对待生活对待人生的理解，是对经历过的事件吸纳和融合，是为了更好地拥有。这里没有敌意没有私怨，就像我们面对黑夜的来临，我们自然就会联想到睡眠一样，是让我们更好地迎接另一个新的黎明，拥抱新的明天和阳光。

放弃需要的不单单是勇气，更多的是需要一个人的智慧和宽广的胸怀。我们只有学会了放弃，我们才会懂得什么是真正地拥有。一个不懂得放弃的人也一定不会懂得什么是真正地拥有，我们放弃了依赖，才懂得了独立；我们放弃了母亲的怀抱，才学会了走路……

放弃是为了更好地拥有，放弃的同时也就有了新的选择，拥有了新的思想和精神，是抛弃糟粕存留精华的过程，是让人类文化精髓在我们心灵中沉积。只有这样的时候，才能看到我们身上的圣光，才会从我们心中流露出异彩。拥有是短暂的，放弃才是长久的。但是有的人只是记住了那短暂的拥有片段，一生都处于

回忆那流失了的短暂的荣耀和快乐之中，这不能不是一种悲哀。过去的永远过去了，只要我们能从过去的一切事件中汲取我们所要的人类精神，放弃得再多也没有什么，因为我们慢慢地站在了巨人的肩上，生活让我们成为不断进取的强者。

沟通与磨合

　　乌镇乃是秋水哥哥的祖籍，秋水哥哥精通于琴棋书画，他从乌镇的古老、安逸、悠久、静美中不断地汲取着各种滋养，令他有一种超凡脱俗的气度。一上午的忙碌令他有些疲惫，他的腋下夹着一本厚厚的教案，静静地走在古老校园幽静的长廊中，厚重、深邃、睿智的气息似乎在他的周围穿梭流动。他踏着青石板，感受着世外桃源的安宁，雨淅淅沥沥地下着，他撑着雨伞，嘴里哼着小曲，正是：

　　　　　学一曲江南小调，
　　　　　遇一场雨打芭蕉，
　　　　　听一泓小桥流水，
　　　　　看一缕炊烟袅袅……

　　回到家时，妻子正在厨房煮菜。他心中柔情似水，走到琴房轻轻地拨弄几下，琴声如响泉清脆悦耳，一个画面呈现出来：清幽的湖面，微波轻轻荡漾，水声汩汩，突然一条飞瀑落在水面，水花四溅，一朵荷花亭亭玉立……

他身旁金鱼缸里的两条青花鱼翩翩起舞，它们随着琴声的节奏摆动着身躯。它们的眼睛含情脉脉地对视着，仿佛一对情侣在跳情人舞……

随后，一家三口吃过午饭，各忙各的，他悄悄地登上了博客，阵阵寒冷袭向心田，留下了一段文字：

我爱你，也很爱你的荣。妹妹，我看了你的日记，看到了你对我的评价，看得我浑身上下都凉了，你还是不了解我。你以为怎样的爱才是爱呢？你这样随意地评价我和我对你的真情让我真的很伤心。你以为别人的生活环境都和你一样的宽松和浪漫吗？你以为这个世界上还有谁能像你一样拥有荣这么一个了不起的男人？你为什么不能设身处地地从别人的角度来看看别人的真情呢？你以为我就是那么的清闲吗？你以为我的爱就是假的吗？你以为我不能慷慨激昂地说爱你就是不爱你，就没有东风的爱光明正大吗？就没有你越王哥哥的心胸博大吗？你以为我只是一个虚情假意的、只知道爱自己的那种猥琐的男人吗？你以为你真的懂得爱情？真的知道别人的真情和假意吗？你都错了。我之所以这样对你，是因为我爱你，但我发现我也爱你的荣，我钦佩他的伟大。所以我说我会好好保护你的，我会回报你的爱的。其实，这也是我对荣的爱，更是对荣的回报。感谢他对我的信任，感谢他对我的理解，更应该像他一样，作一个真正的男人！……我不想写了，因为痛苦已经弥漫了我的心……

看到他的回复，我已经不知所措了。日记被网友们评价得一

无是处，我已经顶不住心灵所受的煎熬及人们的各种议论。我该怎么办呢？我去哪里找支持我的人呢？怎么可能会有人支持我呢？荣如果知道我活得如此痛苦，他一定心疼不已。我告诉荣我渴望把心里话说出来告诉秋水，可赵华等网友都强烈反对，不停地责备我，我实在受不了。荣用宽容的胸怀告诉我："只要你自己开心，什么话都可以说，只要你不离开我，这世上没有我怕的事！"我深知我永远依恋在荣的怀抱中，我怎么可能投入秋水的怀抱呢？他重情重义，才华横溢。正因他正直善良，我才喜欢他的。如果他是那种朝三暮四的男人，我怎么会喜欢他呢？我和他渴望的只是精神上的伴侣呀！他也有缺点，他不是说了那句："我还行，大嫂工资太低！"他怎么能说这样的话呢？荣是断断不会说出这话的。但既然是网友，我尽可能汲取他的滋养。我没必要揪着他的缺点和错误，我要尽可能挖掘他的光芒，我的心渐渐地平静了，我深知只有把所有对他的深情诉说出来，才能让他更加地珍爱我，才能不伤他的心。

我：哥哥，我当时心情不好，原谅我，好吗？没有深爱着你，我不会这么痛苦的，我怎么可能不理解你呢？

他：妹妹，我还是很忙。等我把手上的事忙完了，我想和你好好说说话。请你明白，我是一个真正的男人，一个钦佩荣的男人，我现在不能和你说话，因为我的时间太紧，对不起。

我：不要离开我。

他：我不会离开你的，只有你才能很随便的两次把我删除了。

我：来自各方面的压力，我真的很痛苦。

他：你什么都不要想，我不会生你的气的。

我：你不要伤心。

他：我真的不生气，但不伤心也是不可能的，因为我从来没有对你虚情假意过。我不是那种自私的男人，也不是你说的那种从来没有爱过你的男人。

我：我真的想扑到你的怀里，我受不了各种想法，我受不了各种指责，人人都说我这样做是在破坏彼此的家庭，我害怕。

他：妹妹就不要多想了，别人怎么说那是别人的话，你也不是为别人而活着的。我相信你的爱，我爱荣，我敬佩他。

我：是荣叫我向你表白的。

他：你的随意删除是很让人伤心的，我爱你的荣。

我：这些日子我活得生不如死。

他：好了，妹妹，不要再多想了。事情发生了就发生了，想得再多也没有用。过去了就让它过去吧，我还是我，我没有变，我也不能接受你对自己的指责。你没有什么需要担心的，做你的事，写你的日记，读你的书，我也就安心了。

我：谢谢你。

他：我说过我不生你的气，你别再乱想了。我的确很忙，上午到现在还没吃饭呢。等我忙完了，我再来看你。我下了，妹妹，快乐地生活，做自己快乐的主人，再见！

接着我便把自己对秋水的深情表达了出来，荣在我的身边，我就像一个初恋的女人似的，我的精神出轨了。荣温柔地抚摸着我的肌肤，感受着扑扑的脉动。我的心中充满着浓浓的爱意，那些陌生而又熟悉的远远近近的一个又一个伟人，像星辰一样缀在我的脑海中，一颗一颗，闪着光芒，我的灵魂仿佛飞越到另外一个世界……

在排山倒海的高潮之后，荣畅快地叹着，紧接着荣疲惫不堪地睡着了。我仍精神饱满，上网写日记：尽管我已经上床两次了，

可我心里想的爱的都是你，荣已入睡，我的精神万分亢奋。我无法平静下来，我已经完完全全被你所包围了，我很爱你，正是你的坦诚、正直、温柔，说一不二，没有一句假话，我已经毫无选择地爱上了你的一切。这条路只能这么一直走下去，我很想叫你一句亲爱的，可我真的不配，因为我自己的不是，把所有的罪责倒到你的身上。这一切也许真的弥补了我没有品尝过的初恋，带给我的不是痛苦，是永远也用不完的力量。哥哥，我的眼前浮现的全是你的身影，全是你的悲哀和伤心，我多渴望好好地抚摸你，拥抱你。我会永远是一个好妻子，永远是一个好母亲，可我的心日日夜夜都在你的身边，因为和你心心相印而相爱，想着你的忙碌，想着你的纯洁和正直，想着你所有的字字句句，我没有想到你已经完完全全融入我的生命中。在别人眼里我实在不知自己算什么，可我知道在荣和你的心里我是最可爱的，最纯洁的。

第二天，我收到了秋水的回复：妹妹，当我看到你的这些文字："我的眼前浮现的全是你的身影，全是你的悲哀和伤心。我多渴望好好地抚摸你，拥抱你，我会永远是一个好妻子，永远是一个好母亲，可我的心日日夜夜都在你的身边。"我的心在流泪，这是激动的泪水，也是感激的泪水。虽然我的一生永远享受不到妹妹这样的疼爱，但我觉得此生足以！

妹妹，我很激动，也很内疚。激动是因为妹妹的深情，内疚是我给你带来了痛苦，对不起，妹妹。你不要整天坐着，记着要经常站起来活动一下。我没有时间与你细说，我仍然很爱你，我走了，妹妹，再见。

收到这几句话，心渐渐地平静了下来。

又一个深夜，荣把我拥入心怀。我感叹道："在网友们指责我走火入魔之际，你叫我别理他们，可我做不到。所以这一段走得很累，我发现你比我自己更懂我。"

"你很傻，知道吗？"他用关爱的口吻责备道。

"这么傻的人，你还要？"我娇嗔地问。

"就是因为你太傻了，上苍才派我来保护你的！"荣微笑着把我拥入心怀！爱的微笑是一把神奇的钥匙，爱的光芒照亮周围的一切。屋子似乎一下子就亮堂了，周围的气氛瞬间增添了温暖、幸福、奇妙的幻景。我感到了情感的"饥渴"，依偎在荣温暖的怀抱中，我陶醉于无限的欢乐中。爱情既要求所爱的人品质恒久不变，同时又要求这种品质具有可塑性，不断翻新，它崇敬传统习俗，但又渴望生活的更加完美。生活的单调乏味停滞会毁掉幸福和欢乐，会虐杀爱情的蓬勃生机，破坏憧憬的金色图案，我在文学之路上的跋涉令我不断地变换新鲜的口味，令我的生活像海浪一样一浪高过一浪！

我和秋水仍不断地留言，我私下又开了另一个只有秋水能看到的博客。

他进来后，对我说："妹妹，你很单纯地把你的一切都写了出来，也让世上的每一个人都看得到，甚至于把自己对哥哥的渴求都对荣说了，你这是在折磨他，也是在伤害他。你太单纯了。好在你现在开始明白了，知道和哥哥说悄悄话了，知道不能随便说出内心的激情了。傻妹妹，我其实也很懂你的心，只是我不想说出来。我也懂你的爱，只是我不想对它写评语，因为它就是纯洁的，它不需要评语。在我的心里，你永远像天使一般的纯洁。我也一样的希望你永远快乐。所以，当你骂完了我，删除了我，心里获得一点平衡后，我没有生气，反而觉得高兴。我要永远享

受我们的爱情，要永远因它而快乐。所以，当你又要加我的时候，我没有怨言。妹妹，不要责备自己了，哥哥永远爱你，也永远不会生你的气，因为我对你实在不放心。所以我又上来看看，妹妹，你安心看书吧，好好地享受生活，好好地享受爱情。我走了，妹妹。"

世人所理解的爱那是夫妻过日子，只是爱的一种方式，很多人并不相爱，可日子得过。相爱并不一定要相拥，爱就是一种快乐。那些痛苦得不能自拔，"爱"得要死要活的，那不是爱，那是占有。我渴望一生一世好好珍爱属于我的一切，纵使是挫折也能让我深爱不已，为什么不能用心去爱呢？爱是我的主题，爱是我的生命，没有爱，唐荷也就不复存在。

很多人说网络只是一种精神寄托，一个人如果连精神寄托都没有了，那活着又有什么意思呢？居里夫人、陈景润、林道静、刘胡兰……所有那些能执着地做一件事的人不都因为有精神寄托吗？如果一个人完全没有精神寄托，那是多么可怕的事情呀！一对夫妻恩恩爱爱，不也是一种寄托吗？如果一个人活着只是行尸走肉，那么再多的物质也是没有用的，最近不是报道了百万富翁自杀的人数不断增加，不只是个别现象，已经成为一个群体了。

当我清纯得可爱时，人们把我当作三岁的孩子，爱我、呵护我。当我不小心因孩气得罪了人时，他们又把我当作四十多岁的女人，不能原谅我。这就是社会，生活中如此，网络亦如此，为什么世人不能宽容一点呢？有什么不对，有什么不尽人意之处丢下它，大家都会过得更快乐些，上网至今，网络让我感受到许多的温暖，也让我感受到了一些寒意，感受到许多的虚伪和欺骗。和现实生活中是一样的，我承认我对网上之人可能比对亲朋好友更热情些，人生本来就很有趣，就像我爱你，你爱他，而他爱的是她，就是这么一个有趣的定数，所以能两情相悦，能相爱的人还是要好好珍惜，用心去爱，记住千万不要去占有，这是原则！！！

乌山云雨

有一天，刘源村的一个妇女生病了，因他夫妻二人连普通话都说不清楚，到协和医院找医生更是困难重重，我只好放下工作带他们去看病。忙碌了一天，当我们正准备往回赶时，天空阴沉了下来，他们和我一起到附近的小吃店吃饭，一来填饱肚子，二来也算避雨。我望见了远处的乌山，若隐若现，乌云把大地遮掩得透不出光亮来，随着闪电的一划，天似乎被劈成了碎片，大滴的雨水砸向了大地，接着狂风呼啸，雷声大作，如果说先前的大滴雨水是东海龙王的喷嚏的话，这下龙王可谓是泪如雨下了……

一阵的倾盆大雨过后，雨渐渐地稀疏了，天也放亮了。我看到了远处的乌山顶上，似乎站着神采飘逸的秋水哥哥，他含情脉脉地向我招手，向我倾诉相思之苦……

我眼神迷蒙地望着他，

似乎秋水在我的眼前，

我的思绪飞越到好远的地方……

秋水对我说：感谢上帝！

那儿有沙滩、有阳光、有海水，

秋水深情地呼唤着：妹妹！

我奔跑在一片白色亮丽的沙石上。

沙砾同时也烫伤了我的脚底，

于是我一跃而上，

投入碧蓝的海水中。

整个身子因此被海水充满。

我紧紧地抱住他，

像草一样地纠缠住他，

"好好爱我，一生一世地爱我！"

突然一阵嚷嚷声："雨停了，我们回家吧！"把我惊醒，我微微一震，竟然靠墙眯了个觉，再定睛一看，一切又似乎烟消云散了，亦真亦幻……

难道这便是乌山云雨的出处？在我的心中，他渐渐地化作了把我高高托起的乌山。我总是朦朦胧胧地觉得秋水哥哥像乌山似地把我托起来！后来，我常常独自一人去登乌山，感受着爱把周围的一切：房屋、树木、山岭、空气、月亮、星辰、空间——把整个宇宙都美化了，就像金色的光芒以神奇的魅力使人们和万物熠熠生辉！

后来，店里一下子增加了两个人，再也不能自由自在地聊天了，而且工作上越来越忙碌。当在工作中我遇到烦心事时常常会打电话给秋水哥哥，他总是用很粗暴的语气指责我，说我不断地向他人索取而不是去付出或者来一句简简单单的"把他们统统赶走！"爱情越来越乏味，我渐渐地被迫回到了枯燥的现实生活中。

第八章

生　活

夫妻矛盾

　　我独自一人支撑店面一年后，荣带着表妹秀珍和郭阿姨来了，恰好我们的单位也得参加各种考核，我又考上了医大的本科。忙碌的生活令我像机器似的转个不停，又恰逢店面拆迁，学习的任务非常沉重，而一放学回到店里，不是被指使做这做那，就是病人叫挂瓶、打针、出诊。我们为了生存不得不搬店面，可在省城想把店开出来，首先得花上数万元装修，而如果房东次年要加房租，一加就是大数目。被迫无奈，我们决定买下新的店面，买新店面得花八十五万元，而我们仅有一套价值二十多万元的房子，手上还有七八万元的现金。怎么办？得贷款，银行贷不了这么多，他们要求我们至少得付百分之六十以上的现金，我只得四处借款，我像个转盘似的不停地旋转着，我被迫退学了……

　　由于负债累累，我们没有经济实力聘请员工，只能将就着，自己能做的事尽量自己做。店里四个人同心协力，众志成城，然人与人之间难免会有各种各样的摩擦，沉重的生活把我压得像个农村妇女，我操持了整个店里所有的杂事。吕荣天天守着店铺为病人诊治疾病，半夜纵使有人敲门，荣都会起身开药，我也紧紧相随。荣开了处方之后，便回屋去睡；我取药或帮病人挂瓶，常常守着输液的病人，有时两三个小时。次日，我们仍得正常上班，但一个偌大的家总是不时需要采购东西，上银行还款，参加各种会议，每每我在街上行走时，总有人道了句："你老公在店里忙得很，你倒清闲的在这里悠着。"

我是哑巴吃黄连，有苦说不出！

我的同学依娇周末来我这儿打钟点工，我同意了。"买菜、煮饭、做家务，像个家庭妇女。几十年过去了，也没看出个成就，有谁说你衣服洗得干净，有谁说你把家整理得井井有条？"依娇说话时柔声细语、语调缓缓的，既像随意叙述又像冷嘲热讽。我忙得晕头转向，最终的结果是被子没叠，饭煮焦了，地板没扫，中药熬得焦味四溢，饭桌开在卧室里，洗发水、沐浴露大模大样地站在消毒室中，档案柜旁边横七竖八地躺着高压锅、煎药罐……四处一片狼藉……

有一回，我进屋收衣服，吕荣喊我，我沉醉于自己的梦幻中，想象着如何构思一篇日记。我欣喜若狂，忘乎所以，什么也没有听到，他不停地嚷嚷，我如梦惊醒，心里难免窝火，没好气地道了句："叫什么叫？听到了！"

"你的耳朵长到哪里去了，叫了十几遍，还怪我？"他埋怨道。

处理完那个病人，我气呼呼地躺到了床上，五分钟不到，他走了进来，"快点起来，帮那个病号的瓶挂一下！"

"我就不！"我掉头翻进了内侧，我渴望他能够赔个不是。

他气哼哼地冲了出去，那架势像九头牛都拉不回来似的，我深知他生气了。他极少生气，但这下他是真的生气了，我蹦了起来，不安地冲了出去，连鞋都没穿，光着脚丫就冲到了护理室，把输液的药加好，把瓶给病人挂了上去。泪水充满了我的眼眶，周围的人都用惊异的目光盯着我。他们的眼光扫到了我的光脚丫，随后很快地游移开去，像啥也没有发生，但一个个似乎都若有所思或者心知肚明甚至于暗地里嘲笑……

我转身到屋子里，穿上了鞋子，又继续做着没完没了的事情。但我的心异常的凄凉，我帮一个男子扎针时，我心里对他说："如果我有个三长两短，麻烦你照顾我的老公吧……"

痛苦撕裂着我的心，直到上床，我背对着荣，不理睬他，他不住地向我赔礼道歉，我释然了……我饶了他。

然而，第二天的夜里，我又想不开了，我觉得大家一定都在背后嘲笑我，我分明爱上了荣，可他怎么就不像当初那么珍惜我呢？以前，我对他不理不睬，他都捧我若仙，视如珍宝。可如今，我为他做了所有能做的一切，他就不能将就我一点点吗？我想起床出门，到外面走走，我甚至于渴望有一盆冰水给我一个醍醐灌顶，夜深人静，到处一片阴暗，他把手往头上指了指："我的头好痛啊！"便躺下了。

我的心冷若冰霜，悄悄地坐起了身，穿上了衣服，他分明知道，但都不理睬，等我站起身时，他伸出右手，拖住了我："干吗？"

"我想出去走走！"

"不要！"

"我心里不舒服！"我的脑海中又呈现出自己光着脚冲出去的情景，我受不了那一刻……

"我爱你！"他喃喃着……

"你还愿意跪下来求我吗？"

"愿意！"

"我不信！"我咄咄逼人，没有丝毫迁就的味道，我并非想有意折磨他，而是我过不了自己的心结。

"真的要跪？"他困惑地问。

"真的！"我点了点头。

他起身披上外套，挨到我的身旁，曲下了膝盖，我搂抱着他，"你想说什么？"

"你要我说什么？"

"讨厌！你傻呀！"

"谁让你嫁给一个不会说话的男人？"

"这么说全是我的错啦？"我反问道。

他傻呵呵地笑了笑，"是我错了！是我没照顾好你，都是我不好！"我用渴盼的眼神问他："你真的觉得自己错啦？"

他郑重其事地道："当然是真的！没照顾好你就是我的错！老公永远是孩子！原谅我这个孩子吧！"

望着他真诚恳求的目光，我明白所有的心结只是我不自信罢了，荣仍像当初追求我时那样爱我。幸福婚姻的准则是：老婆永远是对的，老公永远是孩子！荣一直遵循着这准则，不管我说啥，他都听我的，他常常说："老婆永远是对的！我们家大事听我的，小事听老婆的。到目前为止，我们家还没有大事发生！"他便是我身边永远长不大的孩子，我得像疼爱孩子一样疼爱他，怎么能计较那点无关紧要的琐碎呢？！

有人说婚姻是爱情的坟墓，我从没有这样的感觉。我倒觉得每一次争执和摩擦都是我们情感加浓加深的添加剂。日复一日的重复显得万分单调，像一辆行驶的车辆不停地在道路上奔驰，而摩擦就像是高速公路上的休息区，加加油，补一下供给，这样，车子才能朝着目的地走得更欢快！

同事之间的摩擦

自从买了新的店面，生意更是蒸蒸日上。我们忙碌得不可开交，一个人恨不得分成三个人，欠款六十多万元更像一座巨大的山峰压得我们喘不过气来。在装修的过程中，公公赶下来帮助看守店面，郭阿姨的老公和我表弟都全力以赴地帮助做各种杂事，移空调、搬家具、与装修师傅协调，甚至于购买水泥、瓷砖、打抄地板等。郭阿姨和秀珍表妹更是夜以继日地帮助做了各种力所能及之事，但日复一日的繁重生活必定引发各种矛盾……

秀珍反复强调要离开这儿……

我写了一封情深意重的信给她，次日，她回复了：

大嫂：

你好！

别为我帮（搬）出去住的事而感到不安，我并不是因为生你的气而帮（搬）出去住，其实这个想法我早就有了，只是不知道怎么和你说而已。我希望能够有个自己的空间，有上下班的时间。虽然我现在上班很自由，要出去玩随时可以，但这样出去玩的时候，我不会玩得安心，身（生）怕店里有事，怕出去玩久了不好，多出去玩几次又决（觉）得不好，怕有人说我上班的时间就天天跑去玩。我知道你们不会说，但我心里会这样想，决（觉）得不爽。

别为我的一切而于心不安，别说对不起我，你没有什么对不起我的。我们只是公平交易，我拿工资，我做事情很正常，以后别在（再）说了，我听了不爽。你们已经对我够好了，我也为有这样的哥嫂而高兴。要是真的没在这做了，也没什么大不了的，也许找个比我更好的人来啊！

别不安心。

开心噢！

妹

我望着这满篇的错别字的信，心里纠结，最触动我的便是"公平交易"四个字，它们在我的脑海中轰炸着。她从初中放弃学业打算外出学裁缝，吕荣劝她跟在我身边学药学，那时的她啥也不会。我坚持让她边读中专边在我的身边工作，工资虽低，但也算学有所成。一路过来七八年了，我们之间只是公平交易吗？我的心有点儿痛，觉得她的话很刻薄。但她错了吗？她帮我做了许许多多的事情，打理了整个店铺，如果她像另一个表妹思洁那样，我会留她吗？我为什么一而再、再而三地挽留她，难道不是需要她吗？我曾经培养过她，我能用"培养"二字而沾沾自喜享用一生吗？我能够说她是个没良心的孩子吗？她的话尽管有点儿刻薄，但我又给了她什么呢？低微的工资、永远也学不完的医学知识、永远也做不完的一件又一件琐碎之事……

我帮助过她！可她不也在帮我吗？我将心比心，如果我是她，能做得这么好，能坚持这么久吗？

次日，郭阿姨走进店里，问道："针筒怎么放在电动车的篮子里？"

"我昨晚出诊回来忘记了。"

她把那针筒拎了起来，"叭"的一声掷到了地板上。我正在拖地板，她道了句："这些医疗垃圾的管理非常严格，可不是闹着玩的！"随后又补充一句："你拖地板时也帮我把诊室拖一下！"

我故意打哈哈："那儿还有拖把呀！"

我到大厅捡拾起那个针筒……

心里总是很不舒服，觉得那针筒的针扎向了我的心田……

随后，一个又一个病人进来了，大家都忙碌了起来。在大约十一点钟，郭阿姨递了十元钱给秀珍："这是买袜子的钱！"

"不用啦！我送你穿！"秀珍回答道。

"我怎么能穿你买的袜子呢！"

……

秀珍问了句："大嫂，今天这肉要怎么煮？"

"油放入锅，炸一下生姜，放入水，水开后，把肉放下锅就好了。"

"我不会煮！"她说完便离开了厨房，我怒气冲冲地赶进厨房，又能如何？只能自己动手，就在这时，郭阿姨责备道："爱洁，你怎么能穿工作服进厨房呢？"

我气不打一处，放在心里无法发作。到了中午吃饭的时候，趁机与荣争执了起来："我不适合在这儿做事，我外出打工，出去租房子自己住，你想怎么做就怎么做？"

郭阿姨劝道："这是不现实的，你的店在这儿开着，你到别处打工，你是不是觉得我管太多了。如果是的话，我以后不说了，如果你不喜欢我在这儿做，我现在就走！"

我去哪儿找她这么好的员工啊！不管是帮病人打针、挂瓶，她从没有任何推辞，连工资都从没有要求过一分一厘，甚至于这个月发工资时，她还说："你们欠那么多的款，我的工资以后再给吧！"

可我仍感到非常的委屈，昨天那个朋友的话涌上我的心怀："郭阿姨说舍不得秀珍离开，她煮的菜比你煮的好吃！"我算什么呢？医生、药工、护士，我啥也算不上。我做着他人几倍的工作量，却处处吃力不讨好，处处找不到自己的位置……

当天深夜两点，肖先生的妻子敲着我的店门："医生，你能不能起来帮我的老公打一针？"荣应道："没办法呀！"我却一骨碌地翻身起来了，肖先生是肝癌晚期，这两个月来的点点滴滴在我的脑海里涌动。"我去！"天上飘着毛毛细雨，我不由地打了个寒战。我帮他打了针后便回店里休息了，次日一早，他的儿子又开车来接我，当我出门时，看到郭阿姨趴在地上捡拾小纸屑……

我不明白：为什么去肖家打针挂瓶我总是开开心心，而在店里与郭阿姨、秀珍却屡屡产生摩擦，难道是我错了吗？她们俩的感情那么深厚，那么温馨，而我却像一个外人……

六十多岁的郭阿姨那臃肿笨拙的身躯在我的眼前不断地浮现，一个员工能够把自己所有的精力投入到工作中去，这样的员工都不懂得珍惜，我算什么老板呢？突然间我感到自己错了，我的心胸太狭窄了。现在是我最困难的日子，我应该抛开一切，不要去想什么写作，更不要去编织美梦。只把目前的日子一天一天过下去，过山过水一步一个脚印向前走！

我心中释然了，悄悄地对秀珍说："去吧！你明天一早就出去租间房子住。"

"哥哥说再过一两个月！"

"不要理他，按你自己的渴望去做！"

秀珍忙外出租了间房子，她欢喜得哼着歌儿，连走路都一摇一摆的，像一只振翅飞翔的小鸟似的。

人生便是不断遇到挫折解决困惑的过程，当我处于逆境时，痛苦和忧伤环绕着我，经历磨难之后，我深知经历过风风雨雨的人生才是完整的。日益健壮成熟的心胸能够盛得下越来越多的世事沧桑、欣喜悲忧，学会大喜过后的沉思内省，学会大悲之后的潜心总结，学会在事物的根底解释出形成的因素，学会剖开杏仁品尝同一种水果的另一番滋味。黑色的道路被太阳之光照亮，夜晚星光灿烂，田野回荡着甜美的歌声，处处充盈着欢欣。我要敞开心扉，让快乐在人间永驻。

医患之间的摩擦

常言道，祸不单行福不双至！就在我艰难地挣扎于购买店面、负债累累且又被人催着还款的日子里，我的妈妈因液化气的泄露引起的一场大火而惊吓，摔倒在地。我拨通120送往医院诊断为腰椎压缩性骨折，经反复考虑，最终决定把妈妈带到自己的店铺里治疗。我和荣可以随时帮她打针、挂瓶，伤筋动骨一百天，最需要的便是静躺休息，让骨头自然愈合……

　　荣虽在店里上班，可执业医师证书却一直没法迁到福州，因为院长拒绝盖章。而我只是一个医师，得另外聘请一个主治医师以上的专业人员，我报考主治医师一事便成了迫在眉睫之事。而妈妈又病倒了，我们即刻张贴了招聘启事，两天便招来了一个保姆，负责煮饭和照顾妈妈。于是，只要店里能够正常运转，吕荣便劝我去租的小房子里温习全科主治的考题。

　　有一天早上，天刚蒙蒙亮，我便走进厨房倒开水喝，妈妈关切地问道："半夜有人挂瓶，你们起床？吕荣好像很快就去睡了？"

　　"是啊，吕荣开了处方后去睡了，我就给她挂瓶。"

　　"吕荣很辛苦！你要多弄点营养的东西给他吃。"我心想：家里的每一个人都很重要呀，妈妈说话怎么酸溜溜的？

　　正在这时，一个人在门外呼唤着："医生！！开门！开门！"

　　大清早的，大家都在睡觉，我担心把荣吵醒，走到了门边，压低嗓子问："什么事？"

　　"我要测血糖，你把门开一下。"

　　"还不到六点，我们八点开门，这下也实在太早了！"

　　"你们说什么话？什么态度？吕医生说二十四小时都营业，随时都能来敲门，现在钱挣够了就变啦？刚才我叫开门，那个女的明明站在门边也不理我。"

　　我深知他指的是保姆，保姆低声说了句："还没到开门时间！"并非不理他，但那个人又何尝知道她是保姆呢？

吕荣听到嚷嚷声也火冒三丈：“不要理他！他算老几！把他赶走！”

我并不想理那个人，但这样的争吵必定弄得人人都不爽，更何况这样一吵，心情都是很恶劣的。吕荣更是不可能入睡，我便拿钥匙去开门。

就在这时，妈妈吼叫着：“爱洁，你和他解释嘛，态度好一些嘛，慢慢解释吧！”

“你啰唆什么嘛，自己都中风了，躺在床上不会动了，还说什么说！”其实妈妈并不是中风，但那一刻，我急得脱口而出时，泪水溢满了我的眼眶。

他听了此语，心下似乎一震，脸上怒气顿时消失，态度马上缓和了下来。他一定看到了我通红的脸庞及满眼的泪花，我帮他测了血糖后，他道了声“谢谢”便离去了。泪在我的眼圈里打转，也许人就是这样不打不相识。从那以后，他成了我们店最忠实的朋友。他的家搬到了五十公里以外的地方后，他仍每个月赶到这儿看病取药。

许多的新闻一提医患之间的摩擦似乎都是生死存亡的关系，有的只是一味地写医务人员的无私奉献，有的却把医务人员当作刽子手。事实上，人与人之间没有争执也难以谈得上感情，医患之间的摩擦引发的一起起医疗纠纷，随后也引起了多少专家学者们的反思，促进了医疗事业的蓬勃发展……

夫妻、母女、儿孙又有哪一种关系是没有争执、没有矛盾的产生呢？矛盾的发生并不可怕，人生便是一个解决矛盾的过程。我希望人人在遇到问题时都能多一些反思，不要只看输赢！让自己在反思中成长才是真正的收获！

在自失与自圣中交融

随着时光的流逝，我的款一笔又一笔地还了出去。到了假期，有大学生来打短期工，大家分担了一些杂事，我终于能够抽空到韦博国际英语学校走走，偶尔坐坐图书馆，随心所欲地写一些日记。我沉浸于自己编织的文学之梦中，我渴望放飞自己的思想和灵魂。

在我的生活重心中，文学始终没有离开心灵世界，只要有才华的男女，只要有供我汲取的滋养。我就如痴如醉、义无反顾地爱他。在知识的海洋里，我渴望能对自己学到的知识调兵遣将。我的人格被尊重、我的理想得到实现，网络表达了我心中的愿望。作品是我倾诉的桥梁，是我面对这个世界的代言人。我的生命已和它紧紧地联系在一起，再也无法分开，禾雨、越王、秋水、赵华、东风……不知去忙什么了，家成了我全部的依附和归宿，我真真切切地感受到自己是茫茫宇宙中的一颗流星。

"不管多么卑微的生命都要相信自己是独一无二的，只有这样才能成功！"这句话令我触目惊心，它像种子似的深深扎根于我的心田。平凡与出众往往止于瞬息之间，日积月累显得万分可贵。我完全融入茫茫人海中，让自己在自失与自圣中交融。

曾经为自己写得过于平淡而失落，一直渴望能一蹴而就地留

下优秀的作品。现在才深深地体会到语言的平凡掩盖不住智慧的不凡，词语的朴实遮掩不住悲叹的深远，平静的叙述掩藏不住思想的波澜。我缺乏的不是华丽的词藻，而是一颗耐得住平凡的心，是对写作的坚持，人的一生最重要的是奋斗的全过程。

我越来越深切地感触到网络成了生活中很重要的一部分，网友也从不认识而转化为身边的亲朋好友。人与人之间的交流越发地密切了，网络带来的不利及弊病也随之越来越严重，到了需要让世人对它有一个充分理解和认识的时候了。

在无休止的期待、烦躁、失望又重新燃起希望之火的循环往复中，孤独冷落的唐荷挣扎于琐碎生活的痛苦中，送走了流金烁火的酷暑威夏，送走了碧云天。北雁南飞的金秋，唐荷不能把时光停滞在无望的期待中，历史赋予唐荷书写人生真爱，她不应该把精力深迷于某个网友。尽管她才疏学浅，她的观点及其霸气、与众不同的气质。荷与荣的爱本身就是人类的一大财富，她没有权利更没有资格放弃。

东风是否把我当亲姐姐？秋水是否深爱着我？越王是否在乎我的过去？百合是否因聊天记录被披露而离去……

女儿是许嵩的追星族，假如真有一颗闪亮的小星星，它应该是唐荷，而不是禾雨、秋水或者越王。唐荷竟一度沉迷于其中，至少是缺少智慧，甚至是愚蠢的！今后不管发生任何事情，唐荷都要不被其左右地坚强走下去。所谓天才是百分之一的灵感加上百分之九十九的汗水。我必须用心书写爱的故事，尽管只是一笔，我坚信它必在历史上抹上一道亮丽的光彩，让人们看到真爱！

网络情缘随着越王的出现升华到巅峰，所有可爱的网友都只能陪唐荷走一段历程，只有荣每时每刻关爱着我。网络毕竟有别于现实，一个人不喜欢身边的某个人，不会因丢失QQ而失去联系，一个人不再爱他的爱人，更不能随意更换……网络有它海市蜃楼的一面，现实有它无情的一面，荣与荷伉俪情深的真爱才是最精彩的一幕，我是为爱来到这世上的……

当我重新整理日记时，我的眼前浮现出：当一本本印刷品出来时，我在封面上写着烫金大字的：献给越王。越王望着那打成铅字的发着油墨清香的层层叠叠的书本，欣慰地笑了。

紧接着有一种说不清道不明的情绪缠绕在我的脑海，我一夜不眠，次日仍心情沉重。我想不明白到底怎么了？几次想上网把日记加密或者是删除了，省得它们阻止我前进的步伐。模糊的想法渐渐地清晰起来。原来，我之所以要将它献给越王是渴望他帮我润色修改，我竟深深地依赖着他，如果他没有时间或者不再出现呢？

唐荷——一个踏过泥塘的女人充满浪漫传奇的故事将深深地吸引着人们。我像那吐茧的蚕已经开始非吐不可了，像小草到了该出土的时候了。

第九章

慈　善

与寒门学子的交往

随着生意一天天的兴隆，一笔又一笔的款还了出去。我虽仍欠银行贷款三十万元，但我觉得压力明显低了许多。我不由地忆起了曾在蒲团前的誓言："如果真有百万家产，我得捐出两万元钱。"可此时此刻叫我一下子掏出两万元钱也非常困难，再说我如今住的地方已距那庙宇三百多公里，哪抽得出空闲？这钱会不会被某人中饱私囊呢？

我反复再三考虑，决定还是资助即将入大学校门的贫寒学子，每个孩子一个月两三百元。对于我来说虽有一点儿负担，但绝不影响我的生活，对于贫寒学子却可能改变他的一生。于是便在报纸上找到了李茂，当李茂加上我的QQ时——

他：你比较特别，之前有些资助总是拍照开会的！说实话，我不太喜欢。你是第一个私下联系我的。

荷：我只渴望把我的爱留在这世上。假如三十年后，我的小说出版了，我真的渴望让世人明白真爱，用上你的名字也得你本人同意，我不会做那样的事，因为爱就是无渴求的付出，带着目的就不是真心的！

你不乐意，我不会被其他人知道的，因为这本就是我和你两人之间的私事，你说呢？正因为这样，我才私下写信给你，因为

153

第九章
慈善

将心比心，如果我像你这样，也不希望他人……

如果你以后出息了，你会用心把爱传下去，这是最重要的！

我答应你，永远不向任何人提你的名字，可以吗？

希望我们相识是幸福且快乐的！

你不用着急，我们可以成为朋友，或者是聊天的朋友，我们慢慢接触，好吗？

（发这一段文字是由于他一直没有答复，我一句又一句地敲击键盘发了出去。）

他：我爸妈都是残疾人，我家不富裕，我妈是街边摆摊的。不过我的姨父有一个工厂，我爸在我姨父厂里管理些事情，也就是说我家月收入不足1000。

他：这样你还愿意吗？

面对这咄咄逼人的文字，我看到的是一颗受伤的心灵。我要帮助的正是这样的孩子！他不只是需要物质上的帮助，更需要精神上的引导！社会上存在着许多的不公平，尤其是我前几天随爱心团队下基层。我更深刻地感觉到国家领导人都知道老百姓发生的种种不幸和痛苦，也都有各种的补贴措施，但层层关卡下来，只要遇到一个不为的领导，很好的方案就有可能被中断，一大笔资金可能就被挪到其他地方去了……

我想：我的孩子与其他人的孩子的出生应该是公平的，而不应该存在太大的差异，孩子们都应该有最基础的医保、受到应有的教育、达到正常的温饱……

从此，我与李茂有了交往。两年后，当我决定购买房子与吕荣争执起来，李茂的母亲得知后，感叹道："你自己都没有住房还资助我的孩子，太令人感动了！"

我悄悄地资助贫穷的方波和李茂。他们常常写信向我汇报学习情况，尤其是方波的信更动我的心怀，信件很多，就不一一诉说了。在他考上研究生时，他发来一封信：

姨姨：

您好！近来身体好吗？工作忙吗？

时光如流水，总在不经意之间飞逝而过。还记得四年前，我怀揣几百元来到了大学里，交不起学费和住宿费只能贷款，就连生活费也是那么的拮据。就在这一筹莫展之际，您突然联系了我，并且给了我300元后又改为了500元。当时，这些钱对我来说就可谓是雪中送炭，让我能够没有后顾之忧的继续学习。对于一个素未谋面之人，您在听了旁人的话，知道我有困难时，就慷慨解囊，这种行为让我感动！您的亲切关怀让我安心，您就像我的亲人长辈一般，鼓励我，支持我。当您得知，我还有一个弟弟也在上学时，从他考入大学开始，您更是同时资助了我们两兄弟！您就像是我最亲的亲人。我一直把您当成了我的姨姨，当那次谈话中，您对我说，要不你像青青那样叫我姨姨吧，当时我的心里是多么的高兴！因为您也接受了我，也把我看成了亲人！于是，我更加努力学习，争取取得好成绩。皇天不负苦心人，终于我得到了四年优秀学生的称号，也以优异的成绩保送了研究生，继续我的学习梦想。在这里请允许我对您说声：谢谢您！

父母给了我生命，您给了我学习的生命！对我来说，您对我的恩情已如父如母！古人云，滴水之恩，当涌泉相报。您对我的恩情，我就是倾一江之水也无以为报！

我只能不断地说声谢谢您！不断地在心中祝愿您，愿您及家人身体健康，万事如意！

又到了报名之际，又是一个新的人生起点。是您的帮助，给了我在这条学习路上奔跑的机会！在这，我代表我的家人对您说声：谢谢！我会继续努力，在这条学习路上跑得更快更远，不辜负了您给我的宝贵的学习生命！

致

敬我如父如母般最需要感谢的人！

这时，我提出直接把款打给其弟弟方涛，向他要了方涛的账号及联系方式。在我与方涛的聊天中，感到兄弟俩有一个人说了谎，很是惊异，我即刻把款一次性汇给了方涛，表示不想再插足于其中。同时，我与方波说了心中的想法："你弟弟告诉我爸爸妈妈每年都把钱全部交给哥哥，他需要用钱时，哥哥再汇款给他。倘若确实都是你把兼职挣来的钱汇给弟弟读书，我个人认为还是开诚布公地和弟弟说清楚，省得有隔阂。因为今后都得成各自的家，如果你隐瞒了实情，以后弟弟不仅不懂感恩，还会认为家里的钱全被你拿去了，倘若你不方便去解释，让你的父母亲去解释。"

过了几天，收到方涛的短信："阿姨，谢谢您这么多年来对我们兄弟的关怀与照顾，我是一个不太善于表达的人，或许您认为我是一个不知感恩的人。我哥确实是个好哥哥，从小到大都是，他一直很疼我，但我从不觉得理所应当，都一一记在心里，想着将来有出息了，一定好好报答他。所以当您说我有一个好哥哥时，我也是这么想的，是深深地印在脑海里的，所以没有回复您。还有就是我要向您道歉，是我没搞清楚，原来我在大学里的所有开销都是我哥给我的，是他省下阿姨您给的钱和他兼职挣的及获得的奖学金。这两年他一共给了我一万四，如果不是有您的资助，我们兄弟俩就毕不了业，特别是我就更加困难，所以我由衷的感谢您。是您让我有机会坐在教室里学习，我会好好读书，决不辜负您对我的栽培和帮助，没有您就没有今天的方涛，谢谢您，我会一辈子记着您的情意，谢谢！"

我："不客气，我只是希望你们俩兄弟好好珍爱宝贵的兄弟之情。"

他："我会的，他永远都是我最亲最爱的哥哥，永远都是。我是不会忘了他对我的好的，永远都不会忘。"

我："是你哥哥没把他为你做的一切告诉你，你没有做错任何事情，我与你们相识是幸福且快乐的，希望你开心！好好珍爱生命！"

随后，我收到了方波的来信：

姨姨：

您好！

谢谢您！谢谢您帮助我们完成学业，更谢谢您这么关心我们兄弟的关系和感情。我们的事让您烦恼、担心了，真是不好意思了。是我没有和弟弟说清楚，谢谢您把我没说的话说了，没做的事做了。远方的人应该不让家人担心学业之外的事，还劳您费心了！我以后会注意的。

滴水之恩，当涌泉相报。虽然我现在还没有能力做到，但我会好好努力加油。今后也要把这爱心的接力棒

往下传递，让更多的人体会到人间有爱！

爱，是一种无声的诺言，只要轻轻一点火花，就能让世界充满温暖；爱，是一种无偿的交换，只要小小一缕奉献，就能让彼此真诚相待。承诺，尽己所能，帮助他人，服务社会。我渐渐地觉得我四年仅资助两个孩子的步伐似乎太慢了，我渴望帮助更多的孩子。孩子们不仅仅物资缺乏，他们的精神世界更加的贫困，需要有人伸出友爱之手去帮助他们。随着自己的朋友圈的扩大，渐渐地有一些朋友向我要资助对象的名单，我也就结识了更多的孩子与爱心人士，有一天，我收到了一短信：

> 很感激你对孩子们的关心，接到你的电话，那晚我真的失眠了。几年了，孩子们的亲生父亲连个电话都没打过，而远在千里外好心的你关心我们，别说是孩子，就连我都觉得很温馨，真诚谢谢你！

过几天，又收到了她的女儿小丁当发来的短信：

> 拨通您的电话时既紧张又害怕，心一直扑通扑通跳个不止。可听到您对我说的那番话，感觉到您可亲可敬，像妈妈一样，您怕我花话费又主动打过来，阿姨，您真的很心细，祝愿阿姨的店越来越好！

过了两年，我收到了她发来的短信：

> 张阿姨，你给我的感觉很亲切，就像一位对我格外

关心照顾的老师一样。我现在在大学院校学的是心理学专业。我现在很好，是我们班的学委，和同学的关系也融洽。以前没发现外边的世界是那么的好，来到了大城市，感受了一下城市里的生活节奏。多了许多见识，学了不少知识。我参加了学校的团队活动，明年还要继续努力学下去。我在生活和学习中也主动帮助陌生人和同学，那种感觉真的很好。以后，我也要尽力多帮助他人。再过一段时间就过年了，提前祝您新年快乐！

落雪无痕，大爱无疆。资助生涯带给我许多难以言说的幸福，感到一种自我实现的快乐，一种超然物外的洒脱；体验到前所未有的强烈的幸福感；感受到善良、道义、爱心、责任所带来的真情和温暖，体验到心灵的快乐。培养贫寒学子成为大学生成了我的信念和渴望。同时，把自己的人生感悟留在这个生我养我的世界上也迫在眉睫，我的家庭也摆脱了曾经的负债累累，聘请的员工也渐渐地多了起来，我也有了更多的闲暇。然而，意想不到的灾难突如其来，我的公公患病了，来到福州，经过骨髓穿刺确诊为慢性粒细胞性白血病。经过一段时间的奔波，病情稳定，婆婆也来到了我的家里，公公是个长年累月都忙碌于农田的农民，对这样清闲的养病日子难以适应，常常念叨着要去小区做卫生工。我笑道："你说得倒轻巧，万一你病倒了，我还得去顶班！"被我屡屡阻止。公公婆婆倒也很快就适应了家里的生活，夫妻俩在一起煮饭、晒衣服、拖地板，把家里的琐碎都料理了，我有了更多的清闲，时时抽空到韦博国际英语学校学习，与一群孩子聊天儿！

扩大资助舞台

　　后来，无意中认识了松溪义工联，这支成立于两年前的义工队伍，是松溪首家在民政部门登记注册的公益类民间组织。他们纯朴、善良，乐于担当社会责任，敢为天下先；他们助学、助医、助困、助残、助老、赈灾……用爱心播撒阳光，以真情传递关怀，让失学儿童重新背上书包，让孤寡老人得以安度晚年，让贫困家庭再次燃起生活的希望。我加入松溪义工联，扩大了资助对象，它为我展示了一个更大的舞台。赵会长总是不停地向我介绍重病患者小叶的病情，我实在无力于其中。因为我们的能力有限，帮扶一个大学生，一个月一两百元，若干年后，是会看到成绩的，可帮扶一个癌症病人，一百万元扔下去也可能完全泡了水。我没有这能力，一再拒绝。赵会长主动帮我的小车做了桑拿，又没有收费，我感到很过意不去，便汇了款给小叶。随后，小叶也加入了松溪县义工联，在小叶离世之前，她穿上松溪义工联合会送来的"66号"义工服，在遗体捐献志愿书上郑重地签下名字。她捐献的器官，延续了5个人的生命。当爱穿越时光的隧道，如一朵奇异的花儿绽放在尘世里的泥香中，那植根于心灵深处的眷恋，却如一袭温暖的阳光，透过岁月的弹指间，缓缓地流淌进彼此的心房。我们相信世间所有的真情都是善良的，我们也相信叶子这份刻骨的爱是多么的沉重。之后，叶子全家人都走上了爱心的队伍，同时，他的妹妹告诉我："姐姐走了，但姐姐把爱留了下来，我们会接过姐姐的爱的接力棒！"他们同时取消了原先的银行账号，不再需要任何资助，我终于明白当重病把人击垮时，整个家庭是多么需要关爱呀！我们给不了太多的资金，但我们能给予一份真爱！每一个人付出一点儿，甚至于三五元，积少成多，都是有意义的！像赵会长说的那样："至少，我们可以帮助写写文字，向有关部门申请吧！他们中许多人是农民，连表格都不会填呢！"

赠人玫瑰，手留余香。古训云："好善心者，见人之危，应扶持帮助；博爱心者，以博大心胸，爱护世人及万物。"我渴望走出小圈子到更大的舞台去感受一下，随后，我认识了更多的爱心朋友，于是，我的资助生涯不再只是个人的某种活动，通过这些活动，我不断地在内心世界进行对比反思，思想上达到了某种提高……

许多人渴望资助品学兼优的孩子，一开始，我也有这样的想法。当我认识北京太阳村时，我很害怕，因为那儿全都是父亲或母亲服役甚至于父母都坐牢的孩子。我极度紧张，不敢与他们有丝毫的联系。有一回，我汇了五百元给西部一个慈善社团，他们帮我寻找了个孩子，孩子的母亲有外遇，父亲去杀妻子的情人，坐牢了，我感到莫名的紧张，但又无法拒绝。联系上后不知如何是好？孩子的奶奶收到我寄去的东西后热泪盈盈，我得知后还是坚持了下来，觉得孩子是无辜的！我给了他们家希望和温暖！后来，我遇到越来越多不幸的家庭。我便想：如果一个地方有一万个家庭，其中如果只有十个家庭出现意外，比如：车祸、残疾、离异、偷盗……似乎对我们没有太大的影响。但如果它们像感冒病毒那样扩散开来，一千甚至于两千个家庭出现问题，那么，我

161

第九章

慈善

们的孩子还能够健康地成长吗？我们外出还安全吗？他们是否会带着我们的孩子去偷、去抢或者强迫孩子甚至于我们去吸毒呢？按这样的比例，女儿的同学中，五个同学便有一个是不健康的家庭，他们之间聊的话题，他们中所见到的琐碎还能够美妙吗？我们富足的家庭应该伸出友爱之手帮帮他们，尽一点微薄之力……不只是为了贫寒学子，也是为了我们自己的生活环境能够更美好一些，难道不是吗？

我们不可能要求受资助的孩子个个品学兼优，但我们的关爱会让他们看到社会美好的一面，产生感恩之情，让他们看到了生存的幸福和欢乐，让一棵可能变形甚至于夭折的幼苗受到雨露的滋润。虽不能长成参天大树，但完全可能成长为一棵树木吧！也许不能用于栋梁，但能做个板凳的腿吧！

从那以后，我不再渴望资助品学兼优的孩子，而只是渴望有人与我一同分享心里的感受。只要有一个人从中得到了感悟，便是我的收获和幸福！

2011年，走上工作岗位二十年的同学聚会之后不久，一个同学意外遇车祸去世了。我心想：人都走了，还有啥可说的？我又非常的忙碌，公公从2010年患了白血病开始，我也不断地为之奔忙！我连上网看信息的勇气都没有。

前一段时间，在通知初中同学三十年分别的聚会时，当一个女同学对我说："我实在抽不出时间参加，明天晚上，我得去医院照顾我同学的老公。我的同学是残疾人，我们七个同学轮流照顾她的老公！"她的话震撼了我的内心！帮人先帮亲！我们做任何事情得从小事做起，从身边的点点滴滴做起！

同时，高中同学开展了互帮互助的活动，我不由地忆起了小学的那个同学，他的妻儿如何了？我把这想法告诉了班长。恰好不久，班长来到了福州，我们一起谈起了这个问题。他拨了肖同学的电话，想不到的是肖同学恰好也在福州，他很快地坐的士过来了。我们相聚一起，当我提及尽点心意，大家一起帮扶那个故去的同学的妻儿时，肖同学拒绝道："不用了！真的没必要！"面对我们的困惑，他应道："真的没必要，他儿子晚饭在我家吃，昨天晚上，我还泡了奶粉给他喝！我们县现在还有三个同学，每两三周，我们都会开两辆车出去，一起去游玩！"他的轻描淡写的话语令我反思良久，末了，他补充了一句："以后，我们的同学一定要团结！"帮人先帮亲！家是社会最小的细胞，只有每个家庭的幸福温暖，社会才能安定团结，国家才能繁荣富强！！！

我为拥有这样的同学感到自豪和骄傲，我的资助生涯也像我的人生，总是会做错一些，有一些不足之处，身边总会有人提醒我：哪些做得不够！哪些需要添补！

后来，我打算在县城开设农家书屋，怀有六个月身孕的表妹得知后到朋友圈中进行了大力宣传，送了几箱书过去，书屋就这样建了起来，周围的孩子们一放学便喜欢到书屋里看书、以书换书……

我深知授之以鱼莫若授之以渔！我渴望能为孩子们做更多实实在在的小事，我更渴望孩子们靠他们辛勤的泪水来感受到收获的幸福！

163

奖 学 金

女儿考入高中时，获得了奖学金。于是，我也尝试着在边远山区创办唐荷奖学金，终于如愿以偿！

不久便在爱心人士青泉的空间看到：

很早很早以前，甚至在我还没瘫痪之前，我就一直有个想法，等有一天我有钱了，也像诺贝尔奖啊鲁迅文学奖啊什么的，也设个什么奖，奖励那些贫困学生。

可是呢，忽然间出事了，身子不能动了。自己挣钱顾自己都费劲呢，还咋去顾别人呢，但是那个想法一直趴在我心底就是不消失，就像一粒种子埋在干土里依旧期盼发芽似的。

前两天去张爱洁空间，看她帖子里写她在当地学校开设了奖学金，挺感动，就跟帖说我一直也有这样一个心愿呢，您功德无量。没想到随即张爱洁打来电话，说打过来一千块钱，帮我实现这个心愿。她说多了不敢保证，每年捐来一千块钱肯定没问题。

好吧，趁着这个东风，就别再等发了大财再行动了。看看也年底了，也该兑现去年的承诺了，从自己的收入中捐出一千元来，和张爱洁的加一块两千块钱，奖学金就正式设立吧。

以前的活动是助学，这个是奖学，区别在于同样是贫困学生，这个要品学兼优。两千块钱奖励四个学生，每人五百，每年中考过后以优异的成绩考上重点高中的贫困学生都在奖励范围，可以自荐也可以推荐。

先这么暂定着，如果忽然要有爱心人士一下又捐进来一些，那每年奖励的人数和钱数再做改动。奖励的钱是一个方面，另一个方面更重要，就是给贫困学生以激励。得到的激励究竟是什么呢，那就靠受到奖励的学生自己去感悟吧。

意想不到的是很快便收到了爱心人士的捐款，其中赵老师的信更是令我感动万分：

爱心天使：

你们好！

你们有很多的名字，你们却有着一个共同的名字——爱心天使。今天我想给你们写封信，向你们汇报爱的成绩单。

首先你们天津、浙江和江苏，三方募捐的8000元，购买了两台投影仪，在学校里给孩子的学习生活带来了崭新的改变。而元旦江苏淮安班和河南信阳班，开展的"牵手大别山，情系淮河岸"，更是给孩子及家长带来了数也数不清的温暖与感动。分别后，两地孩子，都很怀念在一起的时光，更是懂得感恩与分享，更是知晓勤奋学习，期待下次相见。无疑，爱的成绩单，我们都得了满分。

但是，我们河南信阳班的卷子上，还有一道题，困扰着爸爸老师，那就是：

你们捐款购买两台投影仪后剩余610元加上活动后

留下的400元，共1010元。这些钱，你们希望我留着为孩子们做事。

我拿着这些爱心款，常常在想着它们该去往何处。此题如何解？

我虽孤单一人在他乡村小，拿着不高的工资，尚未买房娶妻。且无力阻止父母大年除夕仍在外地摆摊受寒，只留我一人过不孝不笑之年。钱对于我，我多想攒钱让家团圆，可我也不会用这爱心款。钱对于河南信阳班暂时不需要，孩子们因为一个爸爸老师而获得了众多哥哥姐姐，都觉得幸福。在生活和学习上，我尽己之能，集众人之爱心，给困难的孩子筹集衣服和鞋子，开展以旧换新，支持鼓励他们学习。所以爱心款，不能耽搁，应飞到它最需要的地方，温暖最需要的人。爸爸老师和他的孩子们，虽清苦，但幸福，永远坚持让爱传递到更需要的地方，不公布银行账号，不受无名之款，只取所需，多则必献。

今天，我终于想到了它们应去的地方。辽宁青泉和福州张爱洁正在筹办"清泉奖学金"，用来支助和鼓励品学兼优的孩子。我对他们的品格和作为深深感动，并久仰在心。我相信这钱在他们手中，比在我手中，更能发挥作用。于是我替你们悉数捐给了他们，共1010元。

我想你们会理解我的，我的孩子们也会理解我的，让爱永远传递下去。此题这样解，可否？

以上便是，新的一年里，我想向爱心天使们奉上的爱的成绩单。

祝你们新的一年里，健康、快乐、感恩、向上。

　　此致

敬礼

爸爸老师留

　　这封信令我感动不已！更让我对这个居处乡村的爸爸老师另眼相待。"从一个人现在的朋友圈可以看到他的未来发展情景！"我深知自己已今非昔比了，资助生涯不仅让我的思想理念得到了播散，还让我结识了一群有爱心的朋友们，他们为了让世界充满爱做着各种力所能及之事。我的朋友圈也随之不断地扩大，远至西藏辽宁，近至身边的亲朋好友！爱的种子就这样不断地播撒下去……

眼见为实吗？

　　有一回，我参加一个爱心团队的资助，第一家走访的是单亲家庭，浙江一个小村庄的滕小英。她的老公去世了，只剩下她及三个孩子。大孩子十岁左右，还有两个小女孩是一对双胞胎。滕小英常年不在家，孩子寄在姑姑家里。所以，我们去了她姑姑家，队长说既没有看到户口本，又没看到低保的证明，住的环境也不错，是新盖的水泥房，他要求爱心人士补充完整……

我问滕小英："你老公哪一年去世？"

"三……"字一出，泪水汪汪……似乎出口的只是一个三字，后面的字是模糊不清的……但从她的神态口形我能感受到是三年……

第二家也是一对双胞胎，龙凤胎，住的是泥瓦房，尤其是楼梯，连个扶手都没有，很令人担忧。双胞胎的爷爷奶奶已到耄耋之年，队长很认真地拍照，还拿出捐来的书本给他们读，每个孩子发个书包，一箱优酸乳，还有一些彩笔……孩子的父亲由于计划生育，两胎得结扎，结扎后回家，当晚昏迷过，从此便失去了劳动能力……

后来，我得知第二家在夫妻结婚之前盖了一幢水泥房，此刻的这一幢房子是两个老人的住处，他们家因失去了最重要的劳动力，日子自然过得不易，他们渴望能得到资助。于是，与当地的爱心人士小肖一起配合演出了这样一场戏！

人都说眼见为实，看来也不实……

我把他们的电话私下留了下来，我想利用休息时间买些东西寄给孩子们。我最渴望的便是在精神上给予关爱，同时给孩子们一些正确的引导。但我一直不知如何开口与第二家交流思想，只好放弃。

我心想：小肖这样做肯定是错误的。他以为这样会帮助到这个家庭，但他这样做完全是弄虚作假，这种为了利益而采取的欺骗手段对孩子的影响很大很大，这不仅没有真正地帮助到这个家庭，还害了他们。因为孩子从小就知道通过某种手段去谋取私利，这将影响孩子的一生，甚至于会毁掉孩子的斗志……

小肖是希望通过更大的爱心组织帮助到他们当时的居民，可以说是尽可能地汲取物资资源，同时也让当地的百姓看到他的能耐和强大。

我感到了某种悲哀，却又无能为力。我希望通过反思和自己的文字让更多的人从中受到启发，让更多的爱心人士真正地指导和教育孩子们的健康成长。我深知自己的力量的微薄，但我想：星星之火可以燎原。

随着公益活动的拓展，我越来越深切地发现许多资源的极大浪费，同时又有许多当地的百姓得不到救助。而有时，我们为了救助某些人，却把身边的物资寄到了边远的地方，而边远地方的爱心人士又恰恰把东西寄到了我们的身旁。我渴望更多的爱心团队能够凝聚在一起，互相沟通，互相协调，把资源尽可能地充分利用起来，真正地达到帮助他人快乐自己！

第十章

晓　晓

涤荡心灵的污浊

闽都福州，不仅是个风景秀丽的城市，更是人文历史积淀深厚的省会。最近，福州流传着一个尘封77年的女子爱情故事，感动了千千万万的网友。79年前，14岁的英英，在福州做了国民革命军军官鑫鑫的新娘。两年之后的1937年，男主人公随军开赴抗日战场，便杳无音讯。7年后，苦苦等待的她，接到了抚恤令，而女主人公也开始了颠沛流离的生活。70多年过去了，这份曾经甜美的爱情，一直深埋在女主人公的心底。上个月，93岁的女主人公前往台湾忠烈祠，只为了看到英烈谱上当年丈夫的名字。

我好渴望在这座美丽的城市能有更多千古流传的爱情故事！我渴望能把我和荣的爱情故事留在这个生我养我的世界上！如果不能把它写出来，我会死不瞑目的！我总是不停地耕耘于其中！

晓晓对我说："小说的根本是引人入胜，最高的意义是反映这个时代最大的最根本的矛盾。小说主人公的苦必须是时代的苦，恨必须是时代的恨，才能被大多数人认同。我们社会最根本的问题是制度导致的腐败，是人们心中的共鸣。如果你的小说不能走这个严肃的路线，就走引人入胜的路线。"那一瞬间，我感到我和他之间的距离好远好远，感到我和他之间竟没有可沟通的语言。

有一回，他来福州时我没有勇气告诉荣，觉得有点儿像偷情。

荣刚好渴望我和他去修车，我也就没和晓晓相见，这样拖了几个月。今天，他来了，当荣得知晓晓是我的网友时，荣到市场买来了生猪新鲜腿纯瘦肉，将腿肉去除筋膜，顺肉纤维横切成较大块状或条状，放在木墩上用木槌敲打，锤打近万下，直至烂如绵、粘如糊，然后加适量盐、鸡蛋清，用筷子搅成糊状。然后用面粉和少许碱水，打成薄皮，制作成扁肉皮，用猪骨头在温火中熬出清汤，包起了松溪有名闲不住美食"松溪扁肉"。我打开越王的话给晓晓看，他告诉我因没空只得先走，我也不强留，他告诉我得花一些精力把网缘这部分写成小说，发表在榕树下。他一离去，我便收到了他的短信：

> 看了你的文章，有一种难得的真，你讲的秋水等网友有才的或有情的，可我觉得都是"神马都是浮云"。我最感动的是你老公荣。那种对你的爱，那种智慧和胸怀。今天我主要是来看你老公荣的。很受教育，我后悔我的渺小，没有给我的另一半那样的爱，我将会带着我的爱人再来看你们的，祝福你们。

回到网上，他写了日记：

> "谢谢你们，也请你转达我对荣的敬意，有空来我们这玩。我还没找到我的爱人，等有了我会向她说起你和荣的故事，让她看你的文章。这也是有意义的，是一场爱情的教育课，没见到他前，我也不信真爱，我今天见了，我信了。今天这次见面我一辈子都会记得，涤荡了我心灵的污浊。好久了，我都不信世界上还有好男人

了，有都在电视小说里，我发现我是爱好文学，你才是真的爱生活，爱人。

鲁迅先生在讲文章的好坏的时候，他把文章分三等：第三等是人家喜欢看下去的，第二等是看了后笑了或哭了的，第一等是哭了笑了后能思考到些东西的。

唐荷，你文章中表述的荣的形象引起了我无限的好奇，那么伟大的爱，那么博大的胸怀，真让人敬仰。就是因为对他的好奇，那次我才到你们店铺去看他的。据说，还有其他网友也专门去你那看他。你的文章不但使人思考而且行动了，这样看来就是一等一的好文章。你的文章里面表述最丰满的就是他。虽然在你的表述里，他的形象甚至有点猥琐，还有点小气，对亲戚朋友及下属常常有点吝啬。可是他对你的爱却是无私的，是全心全意的。今天下午又一次看了《伤逝》，里面的知识青年涓生，在面对生活的压力时，把责任推给油鸡、巴儿狗和妻子，没有男人的担当，这和荣对你的宽容和忍耐有天壤之别，荣才是伟大的。那一次到你店，要出来的时候，我走过去和荣握了一下手。我特意看了一下他的眼神，是那样的淡定和安详，正像他的手那样温柔厚重。

从你那儿出来后，我一路都在想，在琢磨这个男人。突然间，我感到了自己的渺小。到你店的这个行程，对我来说就是一次爱情的朝圣之旅。从心灵上我受到了一次爱的洗礼，在我不再相信爱，在我怀疑爱情的存在的时候，荣为我树立了一块爱的丰碑。榜样的力量深深打动了我，我会记住荣的，以后如果我结婚了，我会带我的老婆来看荣和你的。是你的文章带领着我才有了这次行程，你的文章是有力量的，当继续努力。"

那时，我强烈渴望离开烦琐的生活专心致志地投入写作，渴望离开烦琐的日常工作。一个写作者必须投入平凡琐碎的日常劳动，正是这种可恶的姿态阻止我走向深刻，走向更深广和更辉煌的艺术世界。

孙中山曾说："世界潮流，浩浩荡荡，顺之者昌，逆之则亡。"我相信真爱将嵌入人们的心坎，将被新世纪大书特书，大写特写，走在人生的旅途中。我相信第一个吃螃蟹的人面临的重重困难，我将以"不管风吹浪打，胜似闲庭信步。"的姿态在世人面前展示出独特的风姿。

荣和我的爱是高空中闪耀的光芒，是迎着阳光猛长的高大植物，是丛林之中最绚烂的花朵，是河流之中最长的波浪，是海洋之中最汹涌的高潮，是波浪中耸立的岛屿，暴风雨中冲上浪巅的鸥鸟，是高空里的鹰，是旷野里的野狼，是奔驰的骏马。

历史产生了我们，我们属于历史。我希望我留下的篇章处处迸发着青春的活力，我渴望这不灭的绚丽和光彩点缀着人类的长河，历史由于爱的存在而变得激流奔转，千姿百态。

第十一章

水荷逸苑

荷植水中　水润荷茎

随着欠款一点一点的偿还，在我能够支出首付款时，便购买了一套房子。终于，我又有了闲暇的时光。我重新坐到屏前尽情地敲打着键盘上的文字。岁月如梭，时光荏苒。有一天，我收到一留言："愿我的来临，能给你的空间留下一缕清新，愿我的祝福能给今天的你带来一些快乐，祝朋友平安健康，幸福快乐！"

从此，我认识了博友如水，他的鼓励不断地激起我的文学热情，比如：

我很欣赏您的文字，简单、朴实就是最美最真。只要是发光的，就能照亮他人！不知怎的，很喜欢你那些清雅平凡的文字，颇感亲切，尽管没有什么文学修饰，但朴实无华。完全可以领悟到，您是在用一颗最真挚的心，敲打着自己内心最真实的心境。当今这个社会，物欲横流，能够有着如此清纯洁净的心灵写出如此纯真的文字之人，早已罕见了。我们本就是尘世一颗极其微小的尘埃，我们无力改变任何东西，唯有在心态和观念上改变自己，继而影响他人。您是我难得的幸遇，有种极其熟悉的感觉，我就一直都这种感觉，我非常愿意与您一起徜徉在文字的海洋里。

当我把稿子发过去，如水惊叹道：老天！这些全是你的心血呀。我以前写过无数文字，我知道一个如此付诸心血的爬格子人的辛苦。你让我肃然起敬，我会像自己的生命似的珍惜呵护你的稿件，并逐字逐句的细心认真为你润色。想那伯牙、子期，高山流水遇知音，那是怎样的千古难寻，百年难遇呀！

无论你现在、将来会怎样，此荷始终滋养于水中央。荷在水中央，永远！你永远都是你，无人可以替代，知道吗？

那些说你的文字是流水账的是因为他们不是用心去读唐荷的文字，只是走马观花，我说过始终陪伴你完成你的故事。一直走到人生的尽头，还要走到来世……

有幸的是我们的心灵最深处有一尘不染的那一片空间，那是怎样一种洁净的空间哪。我一向就喜欢原创，因为原创才真实。我崇尚真实！荷永远在水中央，这是水儿开心快乐的源泉，夫复何求！我会是你最好的听众，荷的文字是金子！是钻石！是价值连城的无价之宝！

无论在任何时候，任何环境，发生任何事情，荷自始至终都是最清纯的！高洁的！你能读懂我的意思吗？所以感恩之余，唯有倍加珍之惜之，怜之护之。

我特地为他开了个博客，称之为家，我把心中的感受一一写出来：

当我去登山时，雨忍不住迎面而来。我知道水思念荷，化作雨来到我身边。荣尽力撑伞遮住雨线，望着迎风而来的雨滴。我心想：我的全身至少80％的成分是水，水二十四小时都陪着我，这是任何人也无法阻挡的事实。我深知是水的魅力太大了，荷太需要水了，今生今世都离不开水的滋润。就在这瞬息之间，荷宛如凌波仙子，衣袂飘飘，就这么轻盈地落在了水的中央。

荷与水就这样深深地相爱了……

如水告诉荷：只有彼此心与心的交汇相融，才是真正的绝世

文采。彼此的更多交流，心与心的交流，相互感染，相互汲取。荷的文字愈发显得有水性，是因为爱的滋润。

我把如水的所有日记打印出来，我把它搂在怀里睡。我倾心地爱着如水的一切，尽情地汲取着其中的滋养。甚至于在睡梦中都朗朗上口地背诵着其中的句段。

我深知自己的精神出轨了，我苦苦地挣扎于其中，内心充满着矛盾。我不断地回忆曾经走过的历程，我和秋水哥哥网恋时，百合妹妹和越王哥哥不也表示万分的欣赏吗？他们不也觉得是上苍对我的厚爱吗？我对秋水哥哥有性渴求，经过一番的磨合，他们都把我当作天使，如此说来，荷与水的爱恋并不是见不得人的事情⋯⋯在反反复复的煎熬中，我渐渐地开始享受其中的幸福⋯⋯

我在荣的怀抱中享受着如水深深的挚爱，水儿一遍又一遍感恩上苍把荷送进他的心怀。

荣和水各自拥有自己的幸福和快乐，相互尊重、相互关爱⋯⋯唐荷，几千年的文化中爱永远都是独立自私的，你的心里怎么能装得下两个男人呢？

"爱不是平分的，爱本身是无价的，我一直自问何以同时爱着两个男人，一个人的心胸有多宽广，他的人生舞台就有多大⋯⋯"

唐荷！一个微不足道的卑微的生命，一个淋漓尽致的个性展示，为什么要沿着他人要求的路径去前行呢？既然上苍赋予荷与众不同的内涵，我只有倍加珍惜这幸福和快乐，活出自己的风格。荷深知自己只是一棵柔嫩的幼苗，从土壤中倔强地往上长，往上长，一股蓬蓬勃勃的朝气，谁也无法阻挡。自从得到水的滋润后，新枝更苗壮了，绿叶更葱茏了，缀在细茎顶端的花苞终于开放了，小小的白花渐渐地露出丰姿，浓郁的清香四处飘散，沁人心脾⋯⋯

只有真正爱过的人才能明白爱的真谛，爱从不犯错。金岳霖对林徽因的爱已上升成一种信仰，俗世的行为与占有在它面前太过渺小和卑下。水与荷所追求的并不是对方本身的美丽，而是由这美丽所散发出来的至纯至净、温暖和谐的馨香……

百年之后，当人们得知荷水之情、之恋、之爱……只会羡慕和欣赏，人们将用清纯的眼眸去仰望……透过苍茫的回忆和记录，那些曾经的馨香凝结不散，在生命已经停止的时候，留给后人无限的遐想和思念……

水荷相逢就像一把钥匙匐然打开一把锁，压抑在心中很久的思想和情愫顿时涌现出来，荷与水的生命显出美丽和激情、富有和灿烂。荷植水中难道不是情的极致升华？

爱本来就不需要理由，就如同去问一株仙人掌，为何不在沃土里植根而偏要在沙漠中生长；如同去问一朵玫瑰，被人采摘后赠之以人还怎么能在花瓶里妩媚依然！

听我如此婆婆妈妈地唠叨，大家累了吧！让我为你们做几块家乡有名的食品——松溪小角。蒸好的松溪小角颜色呈琥珀色，油炸之后金灿灿的，切成菱形状，摆放在素白的瓷碟上，点缀几朵小花，淡淡的香味扑鼻而来。松溪小角香甜油滑又不腻，这可是列入南平市非物质文化遗产名录的出名食品呀！再加上我的真心！慢慢地品尝这美味，并喝上一杯泡有荷瓣的香茶……

水儿对荷如诗的爱意，如丝丝细雨飘飘荡荡地化我心、融我脉。于是，我便美美地醉了，水儿的感人至深的点点滴滴永远余香甘醇，惹我微醺，不绝如缕……微闭双目，享受着水儿轻柔的抚摸，享受着如坠天堂的美景……

沉浸于水儿的文字中已成为这个世界对我的滋养，使我在长久的静读深思之后舒展筋骨、浑身通畅。我仰望着天穹，感受着

水儿的滋润，荷的生命已经与水紧紧血肉相连了。

我偶尔也会与朋友们谈及荷水爱情的一部分，但不是受到冷嘲热讽便是有网友渴望占我便宜。一个女同学得知荷与水的故事后，鼓励道："你应该把你们的故事写出来，当你老时，坐在藤椅上，摇着蒲扇，向你的子孙后代讲述这纯如净水的爱情故事。"

有一天，如水邀请我与他一起听歌，随后，他写了日记：

> 一直都喜欢这首《眼睛渴望眼睛的重逢》，一直都记得曾经把自己的手机铃声设置为这首歌，一直都憧憬着能够徜徉于歌曲中缠绵缱绻的意境里，一直都向往着彼此间眼睛与眼睛的渴盼，心与心的相吸……

那晚，不知为何？心里莫名的惆怅，便提议一起休息一会，静静地坐着，欣赏这首歌。许多时候，我喜欢这样独居陋室，静静地反复欣赏一首歌曲。记得这首《眼睛渴望眼睛的重逢》，是一个朋友推荐给我的。刚听到这首曲子的时候，心神不禁为之一震。那歌词写得情真意切，渗透着相爱之人的那种渴望。那种用目光诠释全部爱恋的瞬间，那种四目相对时的情感交织，是那样的快乐而又伤感，美好而又悲酸。曲子抒情凄美悠扬，让人为此感动而流泪。感动于相爱之人期待着心与心的靠拢，渴望着眼睛与眼睛的重逢，只要心中有爱，就能穿越爱的时空。如诗如画的意境，温情脉脉的言语，悠扬柔和的旋律，加上伊扬那低沉忧伤，缠绵深情的倾情演绎，一下子让人感受到一种温柔从心底蔓延。

荷植水间，相逢于飘零的秋季，几番风雨，几度春秋深邃的曾一度紧闭的心门。只因那粉色单纯、清丽脱色的夏荷而缓缓开启。几度风雨，几度春秋，春来秋去几番坎坷。几番历练，因有夏荷的四季而温暖。心中有爱，时间和空间的距离又有什么是不可逾越的？只要彼此的眼睛重逢，就能洞悉到心脉的跳动。你可曾知道，一次次在梦中呼唤你的名字，一次次在梦中与你相逢。梦中的你，轻盈的缓缓向我走来，那飘飘的落叶，仿佛如同夏日的荷花，温柔的环抱着那只莲，令我沉醉，眷恋。每次你的离去，我心中都有无数的不舍，好似原本环抱的莲，离开了荷花，如同秋风里的落叶。

　　人的一生，相逢人无数，可是眼睛与眼睛的重逢，心与心的相吸，彼此靠拢的能有几人？也许有人一辈子也难以找到与之眼睛重逢的知己情人。飞蛾重逢烛火，即使燃为灰烬也甘愿。落叶重逢流水，即使终身追随也心畅。绿叶重逢红花，即使平凡一生也无悔。花瓣重逢秋风，即使零落为泥也不惜。昙花重逢黎明，即使稍纵即逝亦无憾。如水重逢清荷，纵然无缘执手仍无悔……

　　而今，这首温柔凄美的乐声依然在耳畔萦绕。然而重逢的那双眼睛却无从再来找寻，迷茫缥缈的秋林中，再也找不到夏荷那纯洁的眼神，留下的只是那片片凋零的花瓣和那还带着一丝绿色的落叶。飘零的花瓣缠绵着舞动的落叶，就像这黑色的背景，漆黑的让人看不见边际，一片迷茫，更增几许惆怅和失落，重逢如梦，爱更浓……

　　无论彼此的将来怎样变化，水之荷，荷之水，依然永远不离不弃，依然笃定彼此不变的信念，依然期待着彼此浸润寒烟馨香。枕着波海涛声，珍藏眷恋彼此心语。就像这首歌里所唱的"只要心中有爱，就会穿越爱的时空！"好吗？你知道吗？你可知道？我一直在渴望着，渴望着眼睛和眼睛的重逢，渴望着心与心的相吸。"几度春秋，几度风雨兼程，心上人，你可知道？我期待着心和心的靠拢。心上人，重逢在那春天，春风熨平了伤痛。只要

心中有爱，就会穿越爱的时空，就会穿越爱的时空……"

我曾以为可以把幸福与世人分享，但从如水的文字中，我看到了忧伤、失落和痛苦。我似乎在他的伤口上撒盐，荷与水的爱情激起了荷倾诉的渴望。我不停地倾诉，如水用心抚摸着荷的文字，这些文字的积累为唐荷的三步曲准备了最原始的初稿。

遥不可及的梦想

有一天，我把如水的作品拿给一个语文老师分析，她的话让我终于明白我的文字并不精彩，只是水对荷的关爱有加。水始终默默地陪荷走这一生的路程。我痛哭不已，泪如雨下。荣回到家中，关切地问道："怎么啦？才几个小时不见，出了什么事？"

我摇了摇头，荣看着我的聊天记录，心疼地望着我，"你呀，头发都白了。"

我无法接受这既成的事实，但我不能放弃。当禾雨大哥出现的那一天，我就深感我完全能用平白直叙的话语把我一生的经历说出来。当我决定走这条路之后，我从不曾放弃过这个追求。2006年，为买店面，我被生活所累，但仍坚持着自己的梦想。我要为它付出我的一切，什么房子、钻石、戒指、山珍海味……对于我都是毫无意义的！

上床之后，一丝睡意也没有，痛苦和忧伤陪伴着我，泪流满面。十年一转眼就过去了，这十年来，我到底做了些什么？我本该快乐并幸福着，这世上有两个男人毫无渴求地珍爱我的一切，如水真正做到了：当一个人爱上另一个人时，愿意为她付出一切，甚至愿意为她所爱的人付出一切！可我怎么就体会不到快乐呢？

我是倾心而写的，可怎么就写不出好东西？我死不足惜，今生倘若不能把它写出来，我真的死不瞑目！我不能就这样把这笔人生财富弄丢了！

不，我不要就这样放弃？荣和如水一样，都随我，只要我开心就好，可没把这个故事说出来，我能开心吗？我开心得了吗？

迷迷糊糊中睡了一觉，一早醒来，仍旧泪流满面。一直以为自己已经走在了康庄大道上，一直以为自己的每一个字句都深深地吸引着如水，连他都没觉我写出的东西至关重要。他和荣一样"你开心就好。"这份深情让我感动……

然我的忧伤和失落洒满了屋子的每一个角落……

如水是来啃噬我的灵魂的，他要一生一世陪我走这条人生之路……

痛苦的捡拾曾落下的一片片花瓣……

假如把我身上的肉咬下来能养大《张爱洁的一生》，我愿意为它呕心沥血，人活着到底是为了什么？为名、为利、为了那一份享受……

于我，该得到的一切我都得到了，挫折、痛苦、忧伤、幸福、快乐……所有的一切上天早已数倍的赠予，从出生到长大，前二十年外婆给了我毫无渴求的深爱，等我二十岁之后，荣给了我无私的爱，现在如水又将这深爱送到了我的心坎……

我不能再沉迷于小爱中，我要把所有的心血倾注到一生的事业中，让自己在大爱中升华。然而，我却守不住寂寞，我只读了两个小时的书，便再也受不了了。我只能沉迷于倾诉的海洋中，与如水相恋能尽情地从他的作品中汲取滋养。写书是长期的目标，我根本忍受不了寂寞，像这样孤寂一天就快疯了，我如何承受得了……

静静地回忆着走过的历程：根植于沃土中的心灵之花，带着千年修炼来到人间。来感受生活，来尽那份未完的情缘，来弥补千年的过失和遗憾。不期而遇的心灵撞击是千山万壑里的回响，余音不绝。是女娲手指间的七色石误入天目湖，激起千层涟漪！荷却时时刻刻将自己沉醉于爱的海洋！我要把散的人生垃圾缀成诗行，虽不能流传千古，却可以美丽瞬间。我还是继续不停地倾诉吧！只是间断地看些好作品。

如水得知后，他说：轻轻抚摸着荷的每一个文字，静静感受着荷的每一次心跳，细细品味着荷的每一缕馨香……

我深知我不只是倾诉文字，而是用生花之笔在享受恋爱带来的欢乐。每一下心跳我都能感受到血液中的水冲击着瓣膜向前奔流而去，每一下呼吸在吸入CO_2时也带着少量的H_2O，如水也常说彼此的呼吸和心跳都是相同的，千年相逢的奇迹在水荷之间荡漾着……

抚摸着如水的文字，感受着自己的心荡进了他那宽厚的胸怀中。两颗心相互辉映着亮丽的光芒，融合在一起，相互滋润、温暖着……

这几天吾水几乎夜夜翻山越岭温甜地进入我的梦乡，梦也像水儿一样洁白无瑕。他噘着嘴唇渴望荷的爱抚，戴着眼镜温情脉脉地望着荷，倾听荷的倾诉……

荷沉浸于水中，又深深地对荣感到了歉意。荣对我说："你就是很坏，我也很爱！"真的吗？水，荷真的是一个惹人怜爱的女人吗？水，荷做的一切有意义吗？但荷对水儿的情是真的，水儿能感受到吗？

如水：水爱荷所有的一切！因为这世界上的好与坏从来就没有一个绝对的定义，水认为好便是最好，便是极好！荷！水儿回家了，水爱荷想荷沉浸于水荷彼此的点点滴滴，轻轻抚摸荷的每一个充满爱意的文字，如同抚摸荷的每一寸、每一缕肌肤，那么温柔、那么光滑、那么令水儿痴迷眷恋……

如水：小傻瓜，我可爱的小傻瓜。不管发生任何事情，水都永远深爱荷的一切！又一次用滚烫的心品味着荷的每一个文字，感受着彼此间共同的心跳。轻抚荷的呢喃、荷的絮叨、荷的倾诉，始终都是水此生最幸福的一种享受。

出水芙蓉只是悦目，我们却彼此赏心，掌上明珠只是溢美，我们却给彼此一片绿荫。它为我们遮风挡雨，让太阳柔柔地抚摸彼此的心怀，我们彼此珍藏心间，一起唱着动人的春天的歌儿，画着山清水秀的田园风光，我们忘情地亲吻着，忘掉了人世间的尘埃，唤回内心深处的良知，让那片清爽的白云把我们托到天穹……

对于荷来说，自从荷植水中，水润荷茎，爱的天平总是不由自主地向水儿倾倒。在辗转反侧一段时间，深切地领悟到荣尽管俗气平凡。但荣对荷的深情足以震天撼地，荷的心里洋溢着荣与水炙热的深情，享受着他人所无法感受的深爱。

荷深知家的每一个角落都溢满了纯净的水，在内心深处激荡着幸福的乐曲。荣，谢谢你！谢谢你给我深情的真爱！谢谢你任

我尽情享受水荷的纯情,荣!荣!我的宝贝!我一生永远深爱的宝贝!

蛰伏沉睡着的强烈的爱的欲望苏醒了,它似乎揉揉睡眼,伸伸懒腰,活跃地跳动起来。到后来,就不仅仅是活路了,而是火山爆发,岩浆喷涌,大海呼啸,怒涛翻滚……

"宝贝……这么爱一回就够了!"荷切切地梦呓般的呢喃着。

"傻瓜,永远也爱不够!"荣埋怨似的嗔怪着。他竭尽全力地放纵着自己,掀起了一个又一个欢娱的高潮,旋起了一阵又一阵的掀天风暴。

尽情地释放着一阵又一阵爱的狂飙……

两人全身汗湿,深知家已经浸泡在水中……

"荣,我们之所以能爱得这么幸福是因为我们的爱纯如净水!"

荣深知荷此刻思念着水儿,坦然地微笑着……

两人在纵情地享乐之后,心满意足地依偎着甜甜地入睡了……

一觉醒来,已经是天光熹微。

谁说鱼与熊掌不能兼得?荷偏偏要同时拥有,她既要男欢女爱,又需要永不停歇的创作激情……

一个女人怎么就不能同时爱着两个男人?

回家看到水儿的留言:汝手写汝心蘸满碧荷的清香,吾诗抒吾情轻展如水的柔情。水一直都喜欢这般用爱抚摸荷的文字,你静静地把生命的悲情凝聚成茧。我轻轻地用如水的柔情化你成诗。诗中有我有爱,伴你无忧无虑。芬芳的心房是你我温暖的栖居,徜徉花的海洋忘了时间和距离。

我愿意这样静静地看着我们的文字,我愿意你这样轻轻地想着我，轻轻地想着你我的故事。红尘有你，三生有幸，爱你，一言难尽的珍惜，你就是我今生最美的缘。

　　我的脑海中飘进了美丽、充满诗情和智慧的林徽因那仙女般的传奇女子。金岳霖的挽联"一身诗意千寻瀑，万古人间四月天"，把他一生的爱浓缩，把所有的哀愁和叹惋化成性情的泪水不停流淌。世间哪个女子能让这样一个博学儒雅的学术泰斗与风流绝缘、守身如玉几十载？

矛盾的发生

　　随着荷水之情的逐渐加深，我对如水的生活了解得越发的多了。在我反复地逼问之下，他告诉了我："由于几年前经营一个生意，欠了十七万元钱，一直没办法还债，只好用房产证贷款。这么多年过去了，仍欠下七万多元钱，其中有三万元是二分五的利息借的。"

　　这重重的一击把我的心敲碎了，这便是爱我的水儿四处奔波的原因吗？他不停地努力就为了每个月挣到利息，本金呢？何时能还哪？我反反复复地劝说吕荣答应借一些款给如水，只有让他还了两三万元钱，他不再承受那高昂的利息，他才有奔头哇！

　　"你不是说只要我开心就好，为什么不能答应我呢？"

他翻过身不理睬我："你为了这种事和我吵。"

"你不是说我去谈恋爱，你都能接受？"

"那你去谈吧。"

"我是指望和你商量，如果你不肯，我要是想寄的话，不要说一万就是三万我寄出去，你也不知道。"

"反正没得商量，我不可能同意一分钱。"

我也许真的没必要在这种事情上纠结不已，"他才不会主动提出向我借钱，是我自己说的。"

"你神经病！"

"我就是神经病，你干吗还要和我在一起，你就休了我算了。"

我怎么会说出这样的话来？人人都说懂爱，可遇到实际问题都犯糊了。我多渴望荣能同意，纵使一万元也行。可他连一分都不肯，我又不能做违背良心的事。他太了解我了，才这么坚决吗？如果他真的懂我，本应该迁就我，我不只是渴望帮助水儿一点儿忙，更重要的是我的心底有一种深切的想法：我是为了爱来到这个世界上的，我渴望能再一次书写爱的篇章，倘在若干年后，当人们重温往事，对网络会有更温馨的认识，而且我也深信水儿只要稍加提携就能走出一条康庄大道。当然，他靠自己的努力也能达到目的，只是时光流逝，漫漫长路……

写到这儿，我关机上床："我也不是非要和你吵架，我只是自己怎么也挣脱不出来。"

"我就是知道你挣脱不了才不允许的，一分钱都别谈。"末了，吕荣还强调了一句："你的要求难道还不够傻？"

他不懂我，我深知水儿欠了七万元，我又没指望都帮水儿还。我只是希望能借一两万给水儿，水儿自己也想办法出去挪一些，这样就不用还利息，可以轻松一些。这么多年来，我几时做过什么傻事了，如果是同学借，荣不会用这种态度，可遇到水儿怎么用这样的态度呢？

如水得知荷与荣的争执，竟然留言："我只相信自己一定会通过不懈的努力改变自己一生的。"只相信自己，干吗又要爱我呢？不相信我，何必要付注深情呢？荷的爱都是毫无意义的又何必存在水荷之情呢？

荣与水这两个口口声声为我付出一切的男人就这样爱我吗？

我深知自己在做什么，我爱他们俩！可我却不能给他们带来快乐。他们都不开心，都固执！都倔强着！我是不是爱得不够深呢？难道我也不懂得爱的真谛吗？

时间老人踱着缓慢的步子难以前进。躺在床上，我一点睡意也没有。

荣不是那么吝啬的男人，我想起了一件事，那是几年前春节前夕。我和荣想到婆家过节，车票相当紧张。我们在车站好不容易托人买了一张连号车票，上车后却发现有位女士坐在我们的位子上，荣示意我先坐在她旁边的位子，却没有请这位女士让位。我仔细一看，发现她左脚有一点不方便，才了解荣为何不请她让出位子。

荣就这样从城关一直站到祖墩，从头到尾都没向这位女士表示这个位子是他的。下了车之后，心疼荣的我跟他说："让位是善行，但从城关到祖墩这么久，大可中途请她把位子还给你，换你坐一下。"荣却说："人家不方便一辈子，我们就不方便一两个小时而已。"

听到荣这么说，我相当感动，有这么一位善良又为善不欲人知的好老公，让我觉得世界变得温柔好多。心念一转，世界从此不同，人生中每一件事情都有转向的能力，就看我们怎么想怎么

转。悬壶济世，医者仁心，荣正是这样。想着想着，我释怀了。

这一夜我似睡非睡，都不知自己到底睡了多久，心里一直不明白自己何以非要如此的固执，我到底要得到什么？就为了让水儿少付一些利息吗？如果只是为了这一点，水儿应该这两天能自己慢慢琢磨出道道来，他应该能够把事情处理得更好才对，只相信自己像烙印似的刻印在荷的心坎，曾经的那个纯如净水，对生活充满着无穷无尽的爱的如水去哪儿了？他的文字中表达的对世界忘我的深爱消失了……他的心里反复不断地强调自己，而不是……

文字会欺骗人吗？荣从不说自己善良，也不对世界感恩，总是不住地指责这俗世中出现的所有不足和弊病。但荣对身边的任何一个亲朋好友、邻居、病人甚至于陌生人都态度和蔼。他用自己的胸怀接纳周围的任何一切。记得大学刚毕业不久，当我们的小鸡接二连三地死亡时，我的脑海中竟浮现出一只只小鸡抽搐的模样，忍不住笑出声来："吴伯说有人下毒药。"荣勃然大怒，连我也一同骂了："鸡死了，你还开心！"荣连夜赶往鸡场，幸亏只是几只小鸡病倒了，其他的经过服药全都健康地活了下来。荣马上意识到自己的错误，反省道："我不该听这么一句就忍不住发脾气。"不管遇到任何事情，荣总是不断地反思、总结、分析，从中寻找更好的前行方法……

既然如水只相信自己，我为何非要插进去呢？我是为了让他知道这世上有真爱吗？我是心疼他，我非要让他改变他的思想吗？言为心声，他一踏入现实的社会中也和荣一样的俗不可耐，我竟以为生命在他的眼中灿烂而光芒……

"沧桑经过，也不过就这样笑着哭。"他经过了多少的沧桑呢？他没有卧床不起，他是一个有福之人，妻子健康、女儿乖巧、父母健在……人生虽有这样或那样的不如意，但他的人生还是完整的……

起床又上了博客，荣恼怒了，不住地骂着："你被网络骗子给骗了。"

如水不是骗子，但在我的心中已不再那么柔情似水了，他不再那么清纯，生活就是一个大染缸，荷仍是如水心中的荷吗？

"我要把你的网络关了。"

"你可以把网络关了，大不了，我去买过一套房子自己一个人住。"我还是关机上床了。吕荣诉说着："你妈说网络里写肌酐都升到九百，吃三个月的中药还会好，她要去那儿看病，我告诉她网络全是骗人的，你妈问那网络拿来干什么，我告诉她网络就是拿来骗人的，我说得经典吧！"

"网络和现实是一样的。"

"他就是网络骗子。"

"不许你这样说他，他和你没有任何关系。"

"他骗我的老婆。"

我心灰意冷，不是因为荣，而是因为水，他再也不是我曾经深爱着的那个至纯至净的水儿。我提醒过他不要说这种伤我心怀的话，但言为心声，他又一次说了，事不过三，他为什么不能对我说："只要我们相爱就很幸福了！"是我自己一心一意地深入到他的心怀，我渴望用心爱如水的一切……

"水死了。"我痛苦地呻吟着。

"死了就好。"荣近乎开心地道了句。

"那已经不是水，是如水。"是像水而不是水的男人，荣听完这话便翻身打起了呼噜。我的泪不住地往下淌，那纯如净水的水儿在我的心中不复存在了。他没有对世界心存感激，那文字只

是他心灵世界的一部分。"只相信自己"才是现实中的他，荷真的不该那么浪漫吗？是谁破坏了这一切？

我仍爱着如水，就像一对新婚的夫妻，在婚后不久，男人患病了，身为妻子不能撒手离去。如水不再那么美，但他依然爱我，像荣一样的俗不可耐，但爱我的心永远没有变，我相信他那颗透明的心……

如水还会经常回这个家吗？这是荷为水安的家，荷依然时时会在家里等他，向他倾诉一切……

如水还会眷念荷吗？

我叫不出水儿这么柔情的字眼，我把"相依相偎"改变"细说心语"。

"我只相信自己……"打中了荷的痛处，一个真正懂得深爱的人纵使卧病在床也永远是心存感激的。人生有失有得，如水和荣一样的俗气，荷的灵气似乎也跟着水儿的离去而消失了……

公公的周年祭日

这一天是公公周年纪念日，一大家人满满实实的全都来了，为公公送上丰盛的宴席、日用品及冥币。就在那烟雾缭绕的升腾之际，天渐渐地阴沉下来，紧接着几颗大滴的水珠溅落在石板上。小弟慌忙赶回车上拿伞，婆婆边烧边念叨："吕金的隔壁邻居都来吃呀，这是给你们的。"

"爸，快点来吃呀。"大姑念叨着，他们相继跪拜。我总是站在一旁歇着，我一向不在意神灵鬼怪，人不能好好地活，死了四大皆空。雨渐渐地稠密了，当小弟怀揣着一挪伞到来时，雨竟停了，我摆摆手："不用了。"

就在这一刻，雷电交加，豆大的雨滴落了下来。我们全都被打湿了，我撑的雨伞更是被风吹得东摇西晃的。大家取笑道："你就别撑了。"紧接着倾盆大雨倒了下来，火盆被浇灭了，浓烟滚滚……

他们放开嗓子地高呼："今天风水真好哇！"

老天爷因荷的心痛而忍不住痛哭了起来，一会儿咆哮大哭，一会儿呜呜咽咽，泪水不住地往下落。一会儿像断了线的珠子，一会儿又倾盆而下，大滴大滴的泪水从天上噼啪下落，时不时喊上几声，时不时呜咽起来，然后又号啕大哭起来。她哭得厉害，不管哪个孩子都比不上它……

荣指着前方的亭子叫我们去躲雨，我叹了句："这么大的雨，那么远的亭子，怎么走去？"雨（水）似乎愤怒了，越发地猛烈。天也更阴沉了，雨朝我们的身上不住地敲打着。吕英、小铭子和我决定挪到亭子去，但三个人一把伞没法行走。她用一个塑料袋套在小铭子的头上，几乎连哄带骗地催着小铭子跑。她站在中间，我跟不上她们，我始终撑着伞，她们俩早已湿透了……

望着他们，我的泪又悄然落下。在荣的心中，他们才是我今生的亲人。可在我的心里，如水尽管和荣一样的俗气，却是深爱着我的男人，更何况他把心奉献给了我，他比这些亲人更亲哪！

水儿曾渴望走进荷的大家庭，成为这个家的一分子，荣的思想是断然不会允许的。他可以迁就荷与水网络聊天、写文章。他

193

第十一章　水荷逸苑

可以接受荷与水之间偶尔的走动，但对钱永远是迷恋深深的，以前只深知他爱财，聚财有方，但没有想到如此深切……

我尽管一再强调改为如水，但叫惯了水儿，改不了口了，还是水儿，纵使俗气永远是深爱荷的水儿。

荷与水的爱只能存在于网络中，尽管荷与水渴望走近，但荣不高兴。水在荷的心中不再像曾经那么至纯至净，但荷仍深爱着水。荷渴望也需要，荷与水的爱永远在博客这个家里。我们都不能去破坏这一点，我们都迷恋家的温暖，又何必非要去纠缠现实生活的是是非非呢？都是荷不好，不该那么孩子气，不该那么疯狂！

水，我们曾经许诺要一生一世相爱！心灵与心灵的相吸成就荷的惊世之作的梦想！也许是我们走偏了……

人总得去适应生活！我们都不能改变他人，但我们能不断地调整自己！

借　款

如水的每一个文字都能叩击我的心怀，这样的男人会是个骗子吗？不！我不信！我如果借点钱给如水，可以帮他改变困境。再说，如水已经不再至纯至净，只是一个我渴望帮助的网友。我希望能改变他的思想，我拨了几个电话向朋友们借款，没有一个手上有现钱的，哥哥手上有，但他不肯借，他觉得我这是婚外情。

　　我不住地在脑海中滤过一个又一个朋友，竟没有一个人能帮我这个忙。想了许久，我想起我曾经资助过的孩子方波。我通过他周转我手上的钱，他一定会帮我这个忙的。于是我向如水要了开户行和账号，告诉他我会担保到款！我只希望水能明白荷的一份真情，更希望水不要再提"只相信自己……"。也许我走火入魔了？但我明白自己在做什么，希望水收到这数量不多的款，能改变一些想法，更希望水尽快地把高利息的款还掉。人活在世上，怎么能不依靠他人？怎么能不相互支撑？让爱滋润彼此！温暖彼此！我们也许不再那么情意绵绵，不再那么柔情似水，荷给你的不再是爱情，但仍是浓浓的深爱。

　　康龙曾对我说："你是一个难以驯服的女人，不是一般的男人所能承受的。"秋水哥哥也说："你需要不断地得到爱的滋润！"

　　每一个人都是生活造就的，荷尽可能地为水做力所能及之事。倘若水还依然觉得在人生道路上只依靠自己，不需要荷，水就不要怪荷花心。荷需要激情澎湃、坦坦荡荡地过好每一天。

　　荷对水说："你自己好好珍惜，不要说如水，如土、如泥、如苍蝇、如蚊子。只要真心对荷好，荷都会去爱的！"

　　水儿笑道："反正我黏着你。"

　　水，你会永远陪着荷吗？

　　自从发现如水不再清纯，神圣的爱情光芒顿时消失得无影无踪，再也找不到那迷人的彩蝶，心情倒也渐渐地平静了。从书架上搬下水儿的字句，再也找不到曾经有过的激情。上网十年，网恋两回，曾以为他真的纯如净水，反反复复地品味着那句：我只相信自己一定会通过不懈的努力改变自己一生的。

　　不知流了多少的泪水都不能触动他的心怀，他始终觉得自己是对的。第一次说这种话赔礼道歉了；第二次也迫不得已地请求原谅；第三次不仅不觉得自己有错，还振振有词。我看到了那宁可高傲得发霉也不愿意低头的倔强，同时也看到了那一颗经历无数纠缠不清的心在不住地淌血。他独自一人忧愁地躲在无人理睬的角落暗暗哭泣，那撕心裂肺的苦痛让他无法自拔，他为自己的清高而束手无策……

荣根本就不允许荷谈到汇款一事，我反反复复一直问自己：这世上最亲的人自然是荣，可像女儿说的那样（我们分明很反感某些亲戚朋友，但我们不得不和他们一次又一次重逢，而能与我们交往得好的网友是我们精心挑选出来的），除了家里父母兄弟姐妹，荷与水更亲还是与姨姨、小叔他们更亲呢？当然是水。可他们向我借钱，两三万荣肯定会同意，为什么就不能借一分钱给水呢？就因为他是网络认识的，难道我们不也是网络中的一员吗？水儿有单位，有妻女，哪点说明他说谎了呢？我们亲戚朋友借去的钱都还啦？大多数都还了，但也有不还的，为什么人们要把所有的错怪罪到网络？到底是人品起作用还是网络改变了人品？我不住地问自己，我找不到答案。唐荷是网络造就的，应该回归于网络。如果我把钱借给水，水儿就不用那么辛苦地背着沉重的债务，他可以把精力投入到律师资格证的考试中。他一定会考上的，一两年不成，三五年总是可能的。可天天都把所有的精力放到赚利息上，何时是尽头？水儿总说靠自己一个人，都四十多岁的人了，所做的国珍又不是专业，挣的钱又少，怎么办？

我不能违背荣的意愿借钱给水儿，我可以替水儿担保，可谁愿意借呢？找康龙、禾雨、方波，每个人向他们借两三千，行吗？康龙还欠银行七万元，我怎么向他要呢？叫他借两千，我帮他存一千元手机费，向他借两千应该没问题，当我站在存款机前，我的手发抖了，我哪能做这样的事！不！不行！

水仍爱着荷，关心着荷。他渴望回到荷为他安置的家中享受温馨和快乐，但家里也是一片的污浊。他渴望倾听荷的呢喃，但不能摆脱自己所处的困境。他强忍着自己的伤痛对荷说："荷！感谢你为我做的所有一切。"同时，他渴望回到家里享受荷带来的春风化雨般的温柔，而不是唠叨那些让他心烦之事。他忍耐着性子："我现在真的不想再提及这些烦心事了。"我再也无法像曾经那样迷恋他的一切，但我仍爱着他。爱着他的风情、伤痛、忧伤，更多的是怜惜、呵护、疼爱……

按荣的意思，水儿一接到钱就悄然消失了，荷就这么不值钱，在水儿心里只值两万元？太伤人心了。我一直坚信自己的眼光，相信水对荷的爱是永存的！两万元对于如水是天文数字，但对于此刻的我却不是难事，不告诉荣，荣都是永远不会知道的！但我不能直接借给他，得找个中间人，让他做桥梁。

天降好儿子

我在毫无人选之际想到了方波，他一定会按我说的去做。我拨通了电话时，对他说："你一年的学费一万元，两年恰好是两万元。我也豁出去了，就当作再拿了两万元的学费供你学习，你收到钱后，帮我借给如水，让他以后每月15日还你一千元。"

"好的！"

"说真的，我真希望你是我的儿子！"此话一出，我慌忙补充道："这不行，你妈把你养这么大，我怎么能抢走呢？"

"我妈不会这样想的！"方波随口接道……

"好吧，我抽空打款过去。如果我万一比老公先去世了，你一定要帮我照顾他。"

"好的！"

……

次日，荣约我陪他一起去一茶庄喝茶，并叮嘱道："我告诉那老板我是银行的工作人员，你不要多话！"

"那我就坐在车上睡觉吧！"

"你还是去妈妈家睡吧！在车上睡也不舒服！"

荣让我下车后，便开车疾驰而去。天上下着毛毛细雨，我背着荣，有条不紊按计划到银行把款转到了方波的账上。

我不住地向上苍恳求："厚爱我吧！老天爷！希望如水能挣到钱，希望他能及时还款。万一他没有钱，他就还不了款了。万一他家里出了意外，他也还不了！厚爱我吧，上苍！"

过了两天，方波把款转给了如水，同时寄信给我，希望认我为妈妈。我沉浸在难以言说的幸福中，不住地在心中喃喃："我有儿子了！"

这意想不到的收获把所有的不快都抛到九霄云外……

向老公坦白

自从帮水儿借了那笔款后，心里便藏匿着秘密，原以为只要付出一颗真爱的心好好地享受爱情的滋润，让荣开心快乐就幸福无比了。可到了周末，我便被荣的那句："现在想通啦？你当时不是非要借钱给他！"给击垮了。一幕幕往事浮现心头，痛苦撕咬着我的灵魂。顷刻之间黑云笼罩，雷鸣电闪不停，雨脚如麻，在我的脑海中翻腾，时大时小，总也不停……我想尽一切办法摆脱困扰，却无法爬出来。我一次又一次在梦幻中渴望荣的原谅和理解，但一次又一次被投入深渊。我不能把这些告诉水儿，担心水儿的心神不宁。我都快崩溃了，这几天的日日夜夜，我魂不附体……

头痛得无法安宁，我再也无法承受这遥遥无期的等待，荣！

终于盼到荣上床休息了，"我都快死了，好累呀，你永远爱我吗？"

"爱。"

"如果我做了对不住你的事呢？你还爱我吗？"

"爱。"

"你能不能不告诉任何人？不和我妈说。"

荣点了点头。

"你不让我借钱给他，但我帮他担保，向方波借钱。"

"多少？"

"一万多。"

"他一个学生哪儿来这么多的钱？"

"我寄给他的学费，他答应我如果我先去世了，他一定会好好照顾你。"

"傻瓜。"荣爱抚地拍拍我的头。

"你真的不生气吗？"

"无非就一两万元钱嘛，有什么好生气的？下次不要再做这样的事了？记住！"

"嗯。"我点了点头，"你觉得他是骗子？"

荣肯定地点了点头，很困惑地自言自语："这点钱也解决不了什么问题呀？"

"他说从十月开始每月20日之前会寄一千元钱还给方波，我相信他。告诉我你会好好照顾我，我好累呀！"

"是我没照顾好你吗？"他反问道，见我用渴盼的目光望着他，"我一定好好照顾你，啥都不想了。"

"习惯了在你的怀里享受一切，这些天我过得好累好累。我实在受不了了，我爱你，好爱好爱！"荷嫩笋般的手指在荣清瘦的脸庞上轻柔地抚摸着，又把他的头揽到了胸前，一股酸酸的甜甜的暖流从荣的后背升起，迅速地浸透到四肢百骸，在全身扩散……

我依偎在荣的怀抱里，是那样香甜、那样安全可靠。这几日的我像受惊的家雀，终日惶恐不安，此刻愈加留恋这种甜蜜温馨的怀抱。我微阖着眼睛，静静地享受这种久违的温馨。我大声地呢喃着："荣，好久好久不曾感到这样幸福了，假如我是小鸟，你就是我飞翔的翅膀。"

"荣，如果我是驰向大海的船，你就是那划行的船桨……"

"好好爱我。"荣呢喃着。

"荣，你是让我永远爱不够的男人！"紧接着，躯体间狂风大作，山摇地动，烈火般的热情和山石缓缓消融……

两人面带微笑沉沉入睡……

清晨醒来，我的心中顿时百味俱生：

我经过一番挣扎，我的爱人、情人、恋人回到了荣。这个满身俗气的男人便是我的生命，一旦发现水儿不那么清纯，他顿时在我的心中失去了所有的彩辉。平时总说不把水与荣拿来比较，但这一刻却深深地感觉到荣除了不会写豆腐块的文章之外，任何方面都强于水。我深知这三五年水儿还是贫穷，但没关系，慢慢来，不急。冰冻三尺，非一日之寒，只要水儿意识到自己的目标，朝着目标前进，三五年后水儿便是一枚戒指，十来年之后水儿便是一颗夺目的钻石，荷相信自己的眼光，更相信水儿的才华和底蕴。兼职挣钱是为了还债，不能放弃，我们都深知时间是挤出来的，只要不断地接纳自己肯定自己，一定会成功的！

水！不要再说只相信自己，好吗？荷深知如今对你的爱已不再是迷人的恋情，但仍是浓浓的深情——亲情加友情，像你说的今生荷之水、水之荷是永远不变的！

当深切地感受到荣是荷的挚爱，荷感到无比的幸福和快乐，尤其在如痴如醉的性爱中更是流连忘返……

这一生荷水相逢是命中注定，是荷与水的幸福和快乐，彼此珍惜这来之不易的邂逅，让真爱超越时间和空间的阻隔，让爱美丽彼此的心房。

如水：水儿每次看书累倦了就会回家来歇息一会儿，一如往

昔般轻轻抚摸着家里的每一个呼吸与心跳，心中顿时弥漫着温馨充盈着幸福，然后就感觉看得进那些早已久违的几乎陌生的字眼了。谢谢荷给予了水儿这样一个栖息港湾。

水儿知道自己错了，我爱我们的家，感觉自己简直俗不可耐。一直以为自己早已心如止水，是荷的植入让水有了生命与活力，每一次回家我都感觉爱无时无刻氤氲着弥漫着我周身每一个细胞。

视如己出

既然把方波当作儿子，就不只是口头上的母子关系，我希望用自己的心指导他前行之路：

方波：

吾儿！

一直为你的学习、对弟弟的疼爱及方方面面深感骄傲。最近我沉迷于梁思成、林徽因的纪录片中，看到梁启超给梁思成的信，感触颇多，特与你聊聊：

我转载了梁启超给梁思成的信，尤其强调："我是学问趣味方面极多的人，我之所以不能专职有成皆在此，然而我的生活内容异常丰富，能够永久保持不厌不倦的精神，亦未始不在此。我每历若干时候，趣味转过新方面，使觉得像换个新生命，如朝旭升天，如新荷出水，我自觉这种生活是极可爱的，极有价值的……"

我们的教育一直以考试为指挥棒，我不知你的业余爱好和兴趣，你终究属于哪一种人才呢？有这几种类型的人才：

1. "一"字形，意思是知识面很广，什么都知道一些，但都是略知一二，知之不深、知之不透；

2. "1"字形，在一个专业上钻研很深，了解得很透彻，但知识面很窄，不能由此及彼，触类旁通；

3. "T"字形，知识面很宽，在某一方面也能深入钻研，取得了一些成就，这是一种比较好的知识结构；

4. "十"字形是最好的一种，不仅知识面宽，在某一方面能钻下去，深入研究，有所建树，而且还能冒出来，成为牵头领路人。

如果你业余爱好不多，希望能慢慢地调整。我从小没有太多的兴趣，一直只是一个乖乖孩，只读老师教的书。直到三十多岁之后才渴望把自己的人生用笔写下来，这么多年来一直对自己狭窄的知识面感到苦恼，却束手无策，希望你能从中有所收益！

　　祝你

　　　开心快乐！

旋即便收到他的回信：

妈妈：

　　您好！

半枫荷 BAN FENG HE

谢谢您的信，您给我指出了我一直以来的困惑，一直都是学着自己的专业。我也发现，我的文学素养还没有高中时候好了。当时也算是喜爱文学，至少来说，也能够随口说几句诗词歌赋什么的，现在就有一些词穷了。好久没接触，已经觉得陌生，不复那时的熟悉感，生活也很单调，除了学习与科研，再不想其他的事。偶尔闲下来，就会觉得心虚，不知该干吗了，应该来说，我正一直向"I"字形发展了。梁先生的话很对，做人最好是"十"字形，我想这会是我以后努力的方向了。谢谢您！

愿您

天天快乐！

儿子方波

不久，我把一些食品寄给了他，同时，告诉他：儿子，你已读到研究生了，我的钱得花在刀刃上，帮助更需要的孩子。我不再寄钱给你，如果你确实需要，开口向我借吧！我和元元也常常是AA制，她向我借的钱也是要还的。

随后，收到回信：

妈妈：

您好！

谢谢您！真的，有您这样的妈妈是元元的幸福也是我的幸福。您就是我另一位母亲！您让我感受到了除我母亲之外的另一份母爱，这是一份更加包容，更加广博的爱。不仅爱自己的亲人更是推己及人，爱这个美丽的世界！您对我的生活帮助很大，但您对我的精神上的帮助更大。您让我相信这世界是美好的，有爱的，我会接过您的接力棒，让它不断地传下去！往后的路，我会踏踏实实地走，有困难我会向您说的，谢谢您！

就这样，我用自己的思想和感悟引导着他在人生之路上前行……

他告诉我他将接过爱的接力棒……

每一年的母亲节，他都会精心挑选礼物寄给我，每一年的感恩节都能收到他的贺卡……

爱无时不在，无刻不存！

荷的咄咄逼人

我渴望让世人明白一个人完全可以在衣食住行完全无忧的情况伸手帮助他人，而且还可以用自己的言行影响被资助的人。人不可能一辈子穷，更不可能代代贫穷。有句老话：富不过三代，所以人更不可能永远富裕。故而人与人得互相帮助，水，我的脑海中过滤了无数的亲朋好友，你对世间的爱是无私的。水与荷之间的心灵是互通的，荷深知若干年后，水儿不仅会摆脱贫穷，而且会帮助一些亲朋好友及陌生的人。荷爱水！同时更爱这上苍赠

予的一切。我相信水儿能帮助荷成就其中的一部分梦想，所以荷与水之间无须言谢。

水儿在第一次按时还款之后，还款能力越来越差了。水荷之间越来越难以恢复到曾经的风花雪月了，荷一次又一次痛哭不已。在不断地逼问下，有点儿咄咄逼人，如水告诉荷："你变得越来越敏感了！"

"你为什么连个屁都不放？"

"你是唯一的，任何人无可替代的。你知道吗？我害怕失去了，我一次比一次更深地爱着，你的爱已经升华！那不是男女之间的爱！我在三坊七巷里就一直控制自己，我害怕因自己的过失而失去你……"

"我刚才真想删除你。"

"你就是删除了我，我也会千万次地求你加我。我会赶到你的家里，跪到你的门前求你加我。"

"我不让你进去。"

"荣总得让我进去吧。我会问荣：你爱荷，请允许我在遥远的地方默默地爱着荷。"水儿的话把我逗笑了。

也许在网络中删除一个网友是很轻易的事情，但对于荷而言，却不能随意删除水。我们有一个家，我们的分别就像世人离婚那样，只是少了个本本的约束。可相爱的人并不需要那本子，荣与荷结婚十余年才发现结婚证是假的，不是吗？

我深知上一回强迫自己不上QQ，为的是更好的回家。而这一次不回家是为了让彼此有一个更广阔的心灵空间，上一次是婴儿的断奶，这一次是成长过程中的断奶瓶……

我现在终于明白，为何二十多年前我投入荣的怀抱会那么的痛苦，因为我的一生都在追求灵魂的伴侣。我的一生是靠情感的流动来支配的，网络让我们怡情养性，让我们把美和生活结合起来。

人们对婚外情、婚外恋的好奇心永远超过对人物本身的关注。我渴望把我们的爱进行下去，因为水荷之情本身就是一篇最美最亮丽的诗篇！

第十二章

爱的舞台

伊泓的到来

水儿上网的时间越来越少，隔三岔五地偶尔回家看看，越来越见不到水儿闪动的图标。我一度失落，甚至于有点儿后悔借款给他。孤寂、冷落时时侵袭着我……

我渴望能遇到一个才华横溢、爱好文学、一心一意帮我修改润色的作家，我深知这可遇而不可求。

在冥冥之中，开着小小花骨朵的荷花饥渴地仰望天穹，渴求着上苍能降下甘霖雨露滋润着这朵不为世人所知的荷苗……

上苍有意眷顾唐荷，伊泓的文字深深地吸引了我，经过聊天，我终于知道他已接近五十岁，在农村务农。他的七十岁的母亲为了维持一家的生计长年到他人家里当保姆，父亲也不停止地下地劳作，可伊泓仍时时上网写博客……

令我无法理解的是伊泓既没有QQ，也没有微信，更不知道WiFi是何东东，他几乎就是一个迂腐不化的北京类人猿。

伊泓因贫穷无法学完高中，而我则因心里沉重的压力与大学失之交臂。相比之下，他是崇高的，我是低劣的。但生活并没有把我们打垮，他用自己的心谱写了一曲奋斗的诗篇，使我看到了生活在社会底层的人们的精神力量，似乎又看到了伟大作家路遥先生的影子。我为之感到振奋，我为我们的国家有这样的精神家

园的守卫者而备感欣慰。也为大多数浑浑噩噩生活在城市中失去理想和信念，为现实低头屈就而放弃信念的人而感到悲哀。希望社会各界有能力的爱心人士伸出关爱和慈善之手，帮助像伊泓一样的人出版和发行作品，让更多的人能够读懂和理解他们的思想和追求，这也是对社会做贡献。

要成为一代作家是漫长而艰难的过程，也许得花去一个人一生的心血。有人说伊泓眼高手低是因为人们不理解他，曲高和寡自然难以融入现实。伊泓没法像其他农民那样去谋生，他只是偶尔种些粮食填填肚子，偶尔打点短工。妻子为了支持他写作到工地上挑砖，不幸从高楼摔伤，头部着地，不久便离开人世。伊泓与父母住在破泥房里，我深知珍珠放错了地方便是垃圾。

相识不久，他便把自传发给了我。我心想：他的文笔不错，但所写的东西内容实在空泛，有点儿自怨自艾的哭诉。我的心灵深处常有一种不安分的情愫，像大海的狂涛巨浪冲击着周身的每一个毛孔……一次又一次舔舐着伊泓的心灵世界……他想成为作家，然而，他的亲朋好友却讽刺他："你想！你还想吃天鹅肉呢！听说你做梦都想当作家，呸！我门缝儿里看人，将你看扁了！"

在如今这浮躁的社会，要有一颗平和冷静的心态看待事物实属不易。我发自内心地欣赏伊泓，因为他的所做所为便是我一生教导女儿的信念。从女儿出生起，我便对女儿说："人生绝不是考大学混口饭吃，如果你考上大学，有了一份工作后，便躺在那儿尽管享受，那就错了。一个人先找个工作挣饭吃，同时，人生要有个目标，并且要一直朝着目标前行，这样的一生才是成功的一生。"

伊泓被众人攻击，"啃老"这个字眼刺激了我。我是正式分配的，虽不是很理想，但仅半年便被借用到众人瞩目的卫生局。

但我不甘于平淡，我渴望做一番轰轰烈烈的事业。我下海了，差点儿被海水淹死了，人们批评伊泓的每一个字眼，都是对当时的我的嘲讽："眼高手低。""不知天高地厚。""懒惰。""连田都种不好还能做什么！"

我得知他的地址之后，寄了些奶粉和日用品过去。从那以后，我与他便开始不断地交流，他也从家乡寄来了他们的特产——红枣、板栗以及他种的花生。

我深知两个人要共同出好作品得把作品当作心爱的孩子，两个人一起用心用情地爱这个将出世的宝宝，我们就这样相爱了。

他正饱受着上苍的惩罚，承受着痛苦的煎熬，蒙受着世人的非难、责备和诽谤……他像一滴从天而降的甘露，我饥渴地仰望天穹、心潮澎湃、血脉贲张。我渴望与他心心相印，相互汲取，但我又万分恐惧和害怕，怕他不懂爱的真谛，不能好好地疼爱呵护荷。况且荷早已答应一生一世与水永远相爱相厮守，荷无所适从，不知所措……

荷用心反反复复抚摸伊泓的点点滴滴，品味着他的每一句留言，享受着他那温柔的抚摸，感受着他那甜美的亲吻……他表达爱的方式不像如水那么小心翼翼，甚至于疯狂和露骨……

以前只要荷写到令自己满意的作品，荷便感到自己步入文学的殿堂，鲜花、掌声把荷吞噬，私欲淹没了荷……

自从有了伊泓，荷似乎迷恋上了伊泓的疯癫，甚至于渴望他吐出那些令人惊心动魄的文字。我渐渐地明白了：一个人对异性的渴望是发自内心世界的本能，一个女人如果爱上一个男人，她必然产生渴望。许多人之所以保持家的完整和温馨，是因为深知跨出去一步便是万丈深渊。

伊泓对我说："你浑身的每一个细胞都充满了爱与生命的活

力。"

如水得知后，发来短信："无论荷爱上多少花草、树木、禾苗……水都始终如一默默痴爱着荷、关注着荷、祝福着荷，你知便好。"

让我深浸于水中，在心灵深处把伊泓紧紧拥抱，带着我的期望勇往直前……

伊泓的感情细腻丰富，他的才华横溢，不拘小节。不能融入普通人的生活中，爱因斯坦、爱迪生、诺贝尔不都是那样的人物吗？

这些日子里，我的一封封真情实感的文字令他无法自拔。我们都陷进了感情的漩涡，我越来越深刻地感觉到爱情并非某个人的特权，网恋也不是荷独有。自从电脑普及，人人都不断地开始了一次又一次的情感纠葛。我也渐渐地明白了为什么有的人一次又一次地与不同的异性发生性关系，经历多了，也就麻木了，但又渴望新奇，于是便不断地追求下去……我的头脑非常清醒，我深知自己在做什么，我也知道没有强大的内心支柱，我是做不到这些的！

伊泓不断地告诉荷："你就是我心目中最纯洁的女人，永远都是。你是我心中永远的太阳，托起了太阳。太阳的光芒才能照耀到我身上，使我更加温暖。上帝创造了女人，就是让她来爱男人的。"

荷："枕着花生的清香，嗅着泓的芬芳，感受着爱的滋养，沉浸于孕育胎儿的幸福中，三个男人的深爱把荷高高托起。让世人仰望，透过闪亮的金光，那朵亭亭玉立的荷花是那么的令世人惊艳！"

伊泓："你给每一个男人都明确分了工，各司其职，既要完成份内的职能，又不可过于僭越。而你是三个男人共同的女皇、媚娘。不，我拜伏在女皇脚下，永远侍奉陛下。"

我在荣的怀中，沉浸于水中，享受着与泓的爱情……

我深知只有心与心的交汇才能出绝世之作，我不只是渴望成为一代作家，更渴望成为思想家，网络第一人。只有爱能激起我去付出，但为了不影响家的幸福温暖，我要求伊泓答应我永远不碰我，哪怕是一根手指头，我才能倾心去爱他的全部。

他自然答应了，我和他深深地相爱着。我的周身涌起了一朵朵幸福快乐的爱的浪花，脸儿顿时潮红了，心怦怦地跳个不停，呼吸也深长了。我想不到白发一根一根不停地钻出来之际，我还会再涌出初恋的情怀……这世上便没有阻隔心灵相互呼应的障碍！我似乎有点儿迫不及待了。为什么？我早已和荣深深相爱过，荷植水中水润荷茎难道还不够迷人吗？我的心怎么装得下第三个男人呢？不管这许多了，我就要走这前无古人之路。这条路的每一个脚印都是我的心在轻声倾吐，水儿正是我的那颗驿动的心，他会知我懂我的。荷，尽情去爱吧！大胆去书写爱的诗篇……路曼曼其修远兮，吾将上下而求索。

在不为我所知之际，伊泓竟趁同学聚会的机会悄然地到了我的身边，我带他走访了三坊七巷、森林公园、闽江边……

在一个傍晚时分，我们来到了于山上，意想不到的是：我腹痛难忍，冷汗直冒，伊泓站在一旁束手无策。我在心中暗暗地骂着：迂腐不堪的类人猿。从那时起，我便悄悄地在内心深处呼他于山！

他匆匆地来，匆匆而返。

……

我通过网络与伊泓忘情地相爱着，想到水儿则心如止水，想到伊泓便激情万丈。我终于明白了为什么有的人三番五次的婚外恋？人们为什么会喜新厌旧？这世上没有十全十美的人。每一个人都有他的优点，所以，每一个人都有吸引你的地方。尽管我仍贪婪，我仍离不开水儿，因为人的渴望是永无止境的。为什么有的人能终生相守？因为道德和良心，这便是一个度在心中的力量。尤其在网络如此兴起的时代里，上网时也要有个度。如果没把握好这个度，他将永远不能拥有和谐的家。唐荷的网络情缘是最美的过程也将是最美的结局。后来，我又通过网络认识了蒋立，与他一起修改作品！

正是：

半苗方塘唯见荷苗亭亭玉立
一泓净水尽看莲花欣欣向荣

爱的升华

随着我不停地写作，我与一个又一个出类拔萃的男人传奇般的相逢了。我无数次地期待着在屏前相遇，相聚恨少。时光总是匆匆滑过，我一次又一次地等待着爱的降临，尽管深知爱永远没有尽头……

在世俗的观念中，荷的爱永远只属于荣一人所有，但荷却永远是个不甘寂寞的女人。荷渴望为这带给她深爱的世界付出自己所有的深情，也渴望得到数不清的爱的赠予！荷期待着……

期待是一个梦幻的花园，期待是一生真诚的挂念，期待是一片蔚蓝的天空，期待是一种幸福的愿望。

尽管我看不见对方的身影，听不到对方浑厚的声音，摸不到对方强壮的肌肉，但我能真切地感受到他强有力的心跳。炯炯有神的双眼注视着前方，精彩的话语像火花似的跳跃着，我看到了他的刚毅、执着、坦诚、忧伤、痛苦……

我渴望分享对方的幸福和快乐，分担他的痛苦和忧愁。在他疲惫时为他端上温热的香茗，在他困倦时拥他入怀。在皎洁的月亮下，享受着人世间最温暖的深爱。

随着时光流逝，我爱上了一个又一个男人，任何一切都不能阻止我毫无渴求地去爱。也许他太平淡，平淡得像一棵无人理睬的小草；也许他过于忧伤，那伤痛会传染给身边的一切花果蔬菜；也许他从不懂得珍惜自己，总是在静寂的深夜品尝自己种下的苦果……

但我依然爱！爱他的平淡、忧伤、失意甚至于冷漠……

在人生的道路上，我失败过、困顿过、悲伤过，但从未动摇过。我不想做一只蝇营狗苟的"细菌"。我不是在写作，而是在倾吐。跳动的欲望顺着脉管流向键盘，心里的熔岩汩汩滔滔地倾泻着。此时，我感到一种舒畅的满足，今天的快乐和收获才是我一生最大的渴求。

巴尔扎克通过十年的垃圾文学才懂得了文字技巧，掌握了如何将枝叶繁乱的故事梳理得服服帖帖而又曲折耐看，从而使他由一个搬弄文字的小工成了一名文学巨匠。我也渴望像他那样，从自己的垃圾堆里捡拾散珠碎玉，我始终坚持书写流水账式的日记，

为我后来的创作提供了最原始的素材。盖一座高楼需要砖瓦沙子水泥，这些年的努力便是积累原材料的过程。我培养了倾吐的习惯，随后渐渐地熟悉了文学语言，对作品中的人物情节设置开始调配，驾轻就熟地运用。

生活的沉重磨难启蒙了我的心智，磨砺了我的思维，填平了庸才与天才之间难以逾越的鸿沟。我的惰性损失了许多闪烁的火花，而删除的那些可能是我最需要的片段。人生从没有十全十美，就像我的衣服往往色彩搭配得不协调，鞋带时常会散开，而手指甲有时也藏匿着污垢，甚至于会将油不慎滴到领口的花边上，但我内心深处创作的源头永远不息……

我的一生曲折而幸运，体验丰厚而深刻，爱总是不忘唐荷。历史也总是露出其发人深思的一面，上苍偏心，有意造就唐荷。生活是一杯醇酒，只献给情人以酒菜；生活是一种爱情，只倾心有爱心的奉献者；生活是一次历险，只钟爱勇敢的求索者；生活是某种永恒，只对短暂中窥见永恒者微笑。

生活是一座取之不尽、用之不竭的创作源泉，对每一个呼吸着空气的人类都平等地敞开大门。

我驱散了心中久聚的雾霾，扛起肩负的责任。血液中已跃动着奋发的欲望，我仿佛看见过去的生之狂澜将全部挫折柔顺平和。在这之后，白昼晴朗，夜晚光明。人生是必须以生命为代价的体验过程，不是可以被解释的抽象概念，我将不断地开创着自己的生之路，掀起生命的波澜。黑色的道路被太阳之光照亮，夜晚星光灿烂，田野回荡着甜美的歌声，处处充盈着欢欣。我要敞开心扉，让快乐在人间永驻。我希望把寓言式的警句、诗人式的感悟、金桂似的智慧的火花留在这世上，让大家轻轻地吟诵，耐心地咀嚼，不经意地感动于那股股生命的潜流。

在日新月异的日子里，我沉醉于丽江、三亚、黄山、九寨沟等游览区所形成的秀丽画卷，我更渴望把自己所在的三山两塔一条江所经历的传奇的爱的故事留存于世……这些微不足道的点点滴滴，在我的心中像陈年的佳酿不停地发酵着，散发出浓厚的醇香……

荷本是漂浮在水中的，然我觉得自己就是一根巨大的藤，缠绕在那巨大的山峰上。只要他身上有吸引我的滋养，我便渴望尽可能地去汲取。我是一个吸血鬼？还是一个狐狸精？我深知"三山鼎峙，一水长流"是钟灵的大自然赋予福州的奇秀景观。屏山、于山、乌山在我的心中不停地旋转着，不管是屏山还是于山抑或是乌山，他们都令我忘情。他们都以此生与我相识为幸福，他们都感受到上苍的厚爱。我浸泡于水中不停地汲取着天时地利人和带给我的滋养，我深知山山皆挺秀，福州的郊县还有许多的高山峻岭，诸如鼓山、旗山、高盖山、五虎山、莲花山、石牛山、石竹山等群山环拱、争奇斗胜。

我的心飞过这些山脉，站在了喜马拉雅山的巅峰，望着远处的昆仑山、天山、唐古拉山脉、秦岭、大兴安岭、太行山、祁连山、横断山……

我似乎也变成了那一滴微不足道的水，他们——我曾经爱过的网友们也都变成了水滴。我们掉进了长江中，欢快地互相拍打着、嬉笑着。爱的浪花不断地向前涌动，时而，我们被激流冲散，找不到彼此的身影，时而我们又遇到一块大石挡住我们的道路。成千上万数也数不清的爱的浪花汇聚成强大的力量，随着历史的潮流向前奔涌，这是任何人都阻止不了的前行的步伐。

出书之后

〰〰〰✳〰〰〰〰〰

　　任何人都是时代造就的产物，都离不开时代的气息。唐荷是网络造就的，网络情缘并非独她所有，具有时代的烙印。不管世事如何变迁，每一个男男女女都是来爱的，也是来被爱的。只有满怀感恩之情，人生才会幸福快乐，心灵之花才会开得娇艳而灿烂。

　　当我的处女作《天使》出版之后，陆陆续续收到各种评论，其中最动我心怀的便是它：

　　三生有幸。得以认识这位作者，唐荷（亦称荷苗），亦是书中女主角；另一位是书中男1号。作者文笔朴实无华，自然健康，内容充满活力，充满爱与被爱，无论顺境逆境，以爱化解不悦以及烦恼。非常写实，正能满满。沈老说过，"悲剧里总是要生出喜剧来的。"不才想，这就是这样的作品。非常钦佩女主角对生命的无限热情、激情。阳刚乾动，不求悲天，不求悯人，积极向前的态度，随感而应。不沮丧，不厌苦，就像一叶小舟在波浪滔滔的大海上，无惧前行。男主角的一往情深，阴柔坤静，默默付出，又胸怀坦荡，给了女主角几乎整个宇宙，不知不觉中自己却成为一座灯塔，不离不弃，指引着小舟……他们的结合，不才认为是个完美的乾坤互补的天作之合！整部作品，其实有一种原始血性的味道。活着与存在感都是需要经历逆境、悲剧等残酷现实才体会到的东西，不只是"我思，故我在"。他们俩都是天使，都在地球的某个不起眼的角落里，默默地奉献着自己。不计虑，完全出自本能直觉，出自真情实感地活着。坚强刚毅，质朴真诚，所谓"仁"味十足，子曰：刚、毅、木、讷，近于仁。不才想，这是"仁"的活法吧！它静静地散发着一种人性的光芒……

随着高速公路的飞速修建，从福州回家乡松溪仅需两个多小时，我们常常抽空回家感受乡土气息。此刻，天空下着毛毛细雨，有个声音突然触动了我，碰撞了我的神经。它来自浩渺的星空，在高空飘荡，在湖水中激滟，带着莲花的清香，带着粼粼的波光，柔情幽远。我跟随着这箫声，难以自持，沉醉其中。原来，是那首令我动情的《橄榄树》，人生就像青橄榄，咬下去又苦又涩，然而，不断地咀嚼，便渐渐地甘甜了……

在这样的晚上，倚在窗前，听一首云水禅心的曲子，品一杯香茗，然后沉醉地望着一轮温馨恬静的月光。那一片片的光华倾泻而出，那柔柔的光芒仿佛在和我对话，盛开成一朵一朵的芬芳。一座座高山仿佛与我相拥，他们仿佛披着那一片傲骨冰清的月光，把我高高地托起，我的心中升腾起超然、淡定与从容。

我该如何醉倒在他们的眸光里，一梦不醒？问明月，能否借我一缕明月光，让我抵达他们的身畔，温暖他们的心房？月色隔着斑驳的枝叶，潺潺而下，洒落清澈透亮的银辉，我该如何倾诉一缕缕心曲？月波流转，思念成城。我的心愿在茫茫的天际间翻飞。我坐在月光河的中央，揽得一怀明月。千百年来，月挂中天，她像是遥远的，我们无法触摸。她又像是这么近，穿越亘古，穿越纯真，住进我们的心房，为我们撑开一盏永不熄灭的长明灯。

今夜，月光悠悠，照亮了你，照亮了我，照亮了他。天涯共此时。来吧，我们举杯，一同邀月共醉，愿月华照亮每一个梦，温暖每一颗心，让我们携手，共赴这一场月光的盛宴。

看着云淡风轻的高空，看着满眼硕果的呈现，看着低头的麦穗，看着饱满的玉米，微笑的甘蔗，才知道原来真正的收获是悄无声息的。秋是飘香的佳茗。隐藏在早春绿茵的云雾浪漫之中，焙烤在盛夏的高亢里，一次又一次经过揉搓和翻炒，一回又一回让泉水冲泡沉浮，一幕又一幕让心灵的理想明晰，一天又一天让远航的打捞延伸……

无论岁月如何流逝，寒来暑往季节如何变迁，我总是用满腔炙热的爱热爱生活，真诚待人。用一颗真挚滚烫的心拥抱世界，善良亲和，温暖感性。用自己的至善纯爱对待情感，用圣经中的那句"你待人当如人之待你"鞭勉自己。

我的耳边传来了此起彼伏的青蛙的鸣叫声，还有流浪母猫叫春的凄惨声音在寒风中颤抖着，他们也在饥渴地寻找着爱……皎洁的月光悄悄地探出了头，我早已拥有着人世间难寻的真爱，尽情地享受上苍的赠予。

我在回味自己走过的历程中，不由地忆起善琦的字字句句，我和他属于不同的种属，犹如排骨和萝卜，放在一口锅里煮。随着火的不断升温，我们不断地相融，于是，再也分离不了。排骨中有萝卜的清甜，萝卜中有排骨的芳香。

终于明白善琦也是一颗青橄榄，他也为我的人生带来了许多的甘甜，在我的文学生涯中添加了一道独特的风味。我不由地忆起了一句经典的话语："上苍公平地给每一个人发了一副牌，看你如何打好它？"

每一个网友闯入我的心田，我总是不停地反反复复地看聊天记录，它让我不住地回味那片片温馨，让我尽可能地了解对方的点点滴滴。

人生就像澎湃的大海，当一个又一个巨浪拍打着堤岸，那饱经风霜的泥石记下了大海的历史。而你是否知道，山脉经过多少的年代经历多少的堆积，才有了现在的绵亘；大洋又是由多少的江河湖海的汇聚，才有了今天的澎湃！

大多数人的一生都是这样悄无声息地穿梭于世间，它会欣喜雀跃，也会黯然神伤。人要有骆驼一样任劳任怨的精神，也要像狮子那样敢于拼搏，更得有婴儿那种淳朴和温情。人生如梦，记忆如沙，岁月无痕。你的人生默默无闻也好，色彩斑斓也罢，我最渴望的便是你能够开心和快乐！

爱的种子

不管遇到任何朋友，我总是不由地向朋友们介绍松溪生态县的优美环境，盛产无公害茶叶的祖墩刘源村更是诱惑着我驿动的心。一场大型公益活动在刘源举办，让我想不到的是如水是这场活动的主角。他才情并茂的演说博得了阵阵掌声，当我上台时，有人问我："你最渴望的是什么？"

"能够拥抱一下爱心爸爸！"

掌声如雷鸣般响起！！！

无人知晓荷与水之间纯如净水的爱！

后来，经过我的反复追问，如水告诉我：自从那次收到你的无息借款后，我就一直默默匿名通过淘宝网邮寄一些生活日用品以及书包文具等给我们这里当地农村的一对年轻夫妻。他们都是残疾人，男的双手残疾，女的双脚残疾，有个儿子现在才4岁。今年冬天我通过淘宝网邮寄的电热毯不能正常使用，他们电话卖家才知道买家是我，并给我打了电话。然后就有了最初的三个人与我一起做慈善公益事业，再后来发展到5人、18人，继而83人……

我不由地忆起我们相逢时的只言片语：

我只是很喜欢很喜欢你的一切。一有时间，我便翻看，有的都看了无数遍，渐渐地走进了你的心坎，感受着那雪花的真爱，感受着许多来自古诗词的韵律，也感受着某些被你颠三倒四的字句。水岂止是水，而是那蒸汽腾腾的雾幸福地把我团团围住，水便整个的弥漫丰盈荷的心……

如水：荷！我回家了！屋里的每一角落都弥漫着水之荷、荷之水的温馨、甜蜜和幸福。家，一个多么温暖幸福的字眼呀！我爱我们的家！用心珍惜呵护这只属于我们的家！

知道我每次来到此处，心里的感受是什么吗？往返数次不忍别，欲言又止情依依……

这十几年来，我和荣拥有一个温馨幸福的家，我为水、泓……在网络中安了家。它也一样充满着思念、幸福、欢乐，我不断地享受着他们柔情似水的抚摸。他们的爱充盈我的心怀，让我激情万丈，此刻，我站在刘源的溪水边，我深知在松溪境内峰峦叠嶂，白马山、龙头山、诰屏山……山山奇崛，气质各异，特别是湛卢山，秉承数千年文化氤氲，并臻于极致……

这些爱我的男人，越王山、于山、乌山……还有这溪水，美在清冽，胜在温婉。它特别的清幽与深邃，有着从容与淡定。水滋养了荷，才有了这朵与众不同的奇葩，山、水、荷纵横交织……

　　随后，我们坐在龙源茶庄，庄主泡着清香的茶水，向我们介绍茶的生产制作过程。如水对我说："你看它外形紧秀绿润，内质清香持久，汤色嫩绿清澈，滋味清鲜回甜！"

　　我接口道："正是最爱晚凉佳客至，一壶新茗泡松萝！"

　　我深知我已经找到了自己的根，母亲的名字叫中国，我从母亲的腹中分娩出来，母亲不美不是母亲的耻辱，是儿女的耻辱。目前社会上存在着各种不够美好的现象，身为儿女，我们有职责让它完善，让它良性循环发展。我担负着时代的使命，我是来爱的，也是来被爱的，我渴望把这浓浓的深爱留在这个生我养我的世界上。

　　我如痴如醉地靠在沙发上，我似乎看到了我爱的男人们飞升到了天际，他们幻化成一条巨龙。我的灵魂也飞了起来，我似乎看到了苍穹之巅的那条巨龙在飞舞，是谁？是荣，还是如水、泓……我深知他们在我的心灵深处已经合为一体，成为巨龙。

　　也许是神的旨意、神性的互补和对应，我们走到了一起——一个是众兽之君，一个是百鸟之王；一个变化飞腾而灵异，一个高雅美善而祥瑞的凤；于是，便"龙凤呈祥"了。

　　百年之后，将会有多少的男男女女仰首去看这番美景，他们的心将与我们的爱连在一起吗？

　　我坚信我有旺夫之相！荣有了我才有今天的幸福，我也因有了荣的深爱，我才有今天的快乐。夫妻是互相融合，携手并进的。我希望我能用爱温暖人们，让人们感受到爱的甘甜和滋润……

我渴望我拥有如椽妙笔，把自己对松溪的爱尽情畅说。但我却有些力不从心，我希望更多的才子佳人用心抒写心中的爱，用心去爱这条生命之路。我渴望自己不只是人生舞台中的演员，我更渴望自己成为这条人生之路的编导。这十几年来，我默默无闻地不断地播撒着爱的种子，他们有的在发芽，有的在抽枝，有的已含苞欲放，有的已经吐露芳香……

在这条爱的人生之路上，荷与荣的爱是我最初创作的根源。通过网络，我尽情地播撒着爱的种子。那一朵又一朵的花儿不断开放，屏前的你闻到爱的芳香了吗？

互相重塑

夜渐渐地深了，路上的行人越来越少，但这个一百多平方米的店里却灯火辉煌，店门前贴着一幅标语"医病医生医心，救人救国救世。"有两个病人把处方递给药工，其中一个不停地催促："能不能先帮我取药？"

大厅里站着几个人，有个妇女怀里抱着孩子，吕荣坐在诊桌前把听诊器塞进孩子的胸前，我正在打扫卫生，望着这个永远忙碌的男人，我不由地想起了这几十年来所经历的风风雨雨：

他十八岁递给我情人卡。

他十九岁，我骂他"癞蛤蟆想吃天鹅肉"之后，他在日记中写下了："当我看到你的信时，不禁一股热流涌遍全身，天下竟有这么好的姑娘，到这种境地还不忘从各方面帮助我，我还能干什么呢？只有真正从思想上转变过来，才真正对得起你长期的帮助，为了这一目的，我不惜放弃一切。你想想看，面对一个姑娘的破口大骂，感到的却是亲是爱，对她的感情岂是一时能够了断的。"他在日记中写下：一个人如果爱上另一个人，他愿意为她付出一切，甚至于愿意为她所爱的人付出一切。

随后，我与他姐弟相称，我像对亲弟弟一样关爱他的一切，我对他说："一个男人得有人生目标，执着地去追求，这样才会有女孩子喜欢你！"从那以后，他购买了不少古典医学书籍，不断地学习医学知识。

他二十岁时，对我说："五十年后，我将成为一代名中医。"他的话打动了我的心，想到他为我做的点点滴滴，我失眠了，决定将终生托付给他。

次年，我渴望他在我生日时把自行车和录音机当作礼物送过来，他拒绝了："我爱你，但我不能同意，我不支持你与他人攀比！我是农民的孩子，我会永远爱你，但我没法在经济上……"

他二十三岁，走上工作岗位，与姐姐、姐夫合伙养猪，他对我说："只要我不断努力，十年后，我会渐渐地浮出水面。"

他二十五岁，我渴望上医大学习，他鼓励我："想读就好好读，不管多少岁，读书都不会太迟！"

他二十六岁，我与他聊到今后如果有钱了，要做慈善，资助贫困的孩子读书，他说："等我们有钱了，请全国人民吃一餐饭！"这目标虽无法实现，但这句话一直铭刻在我的心里！

他二十八岁生日那一天，我们夫妻俩拖着板车去卖猪肉，我坐在自行车的后座上，手里拉着板车，他骑着自行车，开心地说笑着："别人坐车，我骑车，后面还有拉板车！"那天深夜，我在十二点多煮了一碗方便面和每人两个鸡蛋与他一起庆祝生日！虽简单但爱意浓浓。

随后，我怀孕了，他节衣缩食，我肚子饿，他几乎不陪我吃夜宵，因为他要省那一元钱的扁肉，他是长子，得承担家庭的重担……

他二十九岁时，在言谈中告诉我："渴望人人比我富！"我当时觉得很不可思议，他解释道："如果人人都比我们富有，我们开个诊所，大家都能掏出钱来买药，这样，我们很快就富起来了，如果人人都没钱，这个欠款，那个赊账，我们纵使是百万富翁也会被拖垮的。"

他三十二岁时，我爱上了东风，他鼓励我发飞吻给东风。

他三十五岁时，他得知我与秋水之间的恋情后，曾给予拒绝，但我失眠了，无法入睡，他最终用宽大的胸怀接纳了我的情感飞跃……

他四十一岁时，荷与水相爱了，我一次又一次地问荣："我是不是个坏女人，我爱上了水，他也爱我！"荣坚定地答道："我相信你不会离开我！""是啊，我永远没有想过离开你，在你的怀抱中，我才能如此幸福和快乐！"

他四十五岁时，由于我们经济上宽裕，我把更多的钱和精力投入慈善事业，受到了许多朋友的指责，感到万分委屈，他对我说："我送给你有钱花！随便花！"

"把自己的老婆当做皇后，自己就是皇帝了。"

……

吕荣和我这一生经历了数不清的风风雨雨，这十几年来，吕荣把我的快乐当作人生追求的最高目标，我们相互影响、相互鼓励、互相重塑才有了现在的一切！我无数次劝他："你完全可以少上一点班。"他总是说："还是多上点班吧，帮病人解决疾病的痛苦是幸福的！也是很有成就感的！"

到了十点，我们关上了店门，夫妻俩上床入睡，我蜷缩在他的怀中，"你累吗？"

"不累！"

"你那时不停地追求我，如果得不到我，你打算怎么办呢？"

"我实在想不出你的缺点，我希望你离婚后再嫁给我。"

"你为什么这么傻呀？"

"傻有傻福！只要能与你在一起，我就是幸福的，有一段日子，见不到你，那才是人生最大的痛苦！"

"上个月，我们一起登山时，我脚扭了，你和陈泰轮流着背我，你不停地拍照，他背着我的照片，你不担心传到网络上？"

"那有啥可怕的，只要你不离开我，这世上便没有我怕的事。"

是啊，陈泰是我的一个网友，他是看了我的处女作后，赶到我身边来的，网络是我和他的媒人，我和他通过网络相爱了，他发来短信："想你，那刻骨铭心之思念，早已融入我思念之小溪，长流不息。纵然我如小草一样默默之凋谢，也要化为沃土，滋润你如荷花般之纯洁和美丽。"

他的家庭贫困，他活在痛苦之中，但他为我做了力所能及的每一件事，他把我的书送给文联主席，为我修改作品中的错别字，为我把相关的内容整理到一起……

我不由地忆起自己处女作《天使》投入出版社时，主编提出要修改书名，他说："这个名字太大了，最好不用。"我用自信的口吻强调："老师，爱是毫无渴求的付出，天使是来爱的，不

管男人还是女人，只要是来爱的人都是天使！"

一个人犹如一架钢琴

遇到一个用心的人来弹

奏出的是一支名曲

如果一个普通人来弹

也许奏出的是一支流行曲

要是碰到一个漫不经心的人

恐怕就弹不成调了

……

每一个人在付出时尽可能地忘记它，在得到细微的点滴时便想到是对方的深爱，这样，你便会时时沉醉于幸福中……

不管男人还是女人，每一个人都有他的优点和不足，每一个人都有天使的一面，我希望普天下的人都能明白爱是毫无渴求的付出，我的这些网友们，他们都是来爱的，他们都无私地为我付出，做这做那，他们都深知我永远属于荣，也知道这世上没有一个男人能完全满足得了我的渴望，但他们都无怨无悔地帮我做力所能及之事，他们都是天使！是他们的到来成就了我的文学之梦……

在世界的每一个角落都有着许许多多不为人所知的天使，每一个来到这世间的人都是爱的结晶！我们都是来爱的，也是来被爱的，只要你去爱，你便是天使！只要你被爱，你便被天使保护着！亲爱的朋友，天使环绕着你，你也是个天使，你感受到了吗？

后　记

　　有心栽花花不开，无心插柳柳成荫。为了留下荷与荣的爱情故事，我通过网络尽情汲取滋养，在这条文学的道路上，我收集了一堆的聊天记录，望着这些如鸡肋的文字，我挣扎了千万回，修改了一遍又一遍，终于在处女作出版之后的短短两年内又整理出这一作品。

　　人的欲望是永无止境的，与其把渴望放在无止境的物质享受上，不如把它投入精神世界的追求中，让自己向更高修养的男男女女靠拢，从中汲取到滋养！

　　在我的网恋生涯中，常常受到嘲讽和批驳，我连滚带爬地在文学的小道上艰难地跋涉，作品便是我腹中孕育的胎儿，身为母亲，经过十月怀胎，我的儿女不管长得美丑，都是我最爱的宝宝。

　　我是来爱的，只有爱才能让我激情澎湃，爱的浪花在我的周身盛开着一朵又一朵亮丽的洁白小花，它令我飘飘欲仙，我深知我的人生目标和渴望永远胜于我最为珍爱的生命，因为理念的流传千古是为千千万万的人们谋求福利，而我的生命只是我个人的，微不足道。

　　有人说作家永远是孤独的，但我不孤独，我是来爱的，在每一层台阶上，总有不同的人陪伴着我，搀扶着我登上更高的台阶，

这不仅仅是一部作品，更是爱的集结与升华。

　　在我文学写作的漫长过程中，许多朋友为我出谋划策，我发自内心地感谢他们，比如远在千里之外的袁凤岐、魏斌、刘逸、刘建南、苗卫芳及一些不知道姓名的网友们，在作品初稿出炉之际，唐荷将它传输给一些文友进行交流，征求意见，得到积极反应，他们旋即发回读后感，刘逸称："《半枫荷》是一位奇女子用爱编织成的华章。"臧夕稳说："在慈善的小溪中，唐荷俨然成了一朵娇艳的荷花，围绕她的是清澈碧绿的潭水；在公益的花园中，她就像一朵美丽的玫瑰，正散发着独有的芳香。这正是付出爱的一种回报，也是生命给予她最好的馈赠！"李连涛说："唐荷这位性情中的女子，就是湖中那朵出淤泥而不染的荷花。她的文章没有豪言壮语，她的文章没有华丽的修饰，她的文章就像一条平淡的溪流，却能浸入人的心底。"

　　高中生杨晨的文字最感人，她写道："读唐荷的文字总能有如此的感觉，停留在文字的氛围中，纵使不能有丝毫的改观，却能引人入胜，文亦心中，心韵芳香……寥寥数笔已把情景刻画得如此细致，仿佛我已闻到了花的馨香。几年的光阴，依旧留存着那份深沉的爱意，因为爱照亮了前方的旅途，凸显着爱的心声。虽说我不知前方可曾有险！不可估量爱的感念……"

　　我深知，是网络把我们牵到了同一个舞台，我们都是自己人生舞台的编导。借此机会，我满怀感恩之心，谢谢袁凤岐、杨晨、刘逸等诸多朋友为我付出的一切。同时，也向为本书挥毫泼墨、题写书名的松溪县版画院兰坤发院长及本书出版过程中，关心、支持我的朋友们表示衷心的感谢。

作　者
2016年3月于福州

230